Vorwort

Liebe Leserinnen und Leser,

dies ist ein Bonusroman, der zur Warrior-Lover-Trilogie (Jax, Crome, Ice) gehört. Zum besseren Verständnis sollten mindestens die ersten beiden Teile der Trilogie bekannt sein, um der Geschichte und dem Handeln der Figuren folgen zu können.

Darum geht es:

Unsere Welt, wie wir sie kennen, gibt es nicht mehr, alles ist verstrahlt. Jahrzehnte nach einem Atomkrieg leben die Menschen unter gigantischen Kuppeln und sind einem diktatorischen System ausgeliefert. Um das Volk bei Laune zu halten, gibt es »Brot und Spiele« wie im alten Rom.

Das Regime schickt Elitesoldaten an die Stadtgrenzen, um die Outsider draußen zu halten, denn der Wasservorrat der Kuppelstädte ist begrenzt. Doch nach und nach kommen sowohl die Warrior als auch die Einwohner der Wahrheit auf die Spur: Alles, was man ihnen erzählt hat, ist eine Lüge …

Die Warrior-Lover-Trilogie umfasst die Teile:

Jax – Warrior Lover 1
Crome – Warrior Lover 2
Ice – Warrior Lover 3

Storm – Warrior Lover Bonusstory
Nitro – Warrior Lover Bonusroman

Alles Liebe,
Eure Inka

PS: Dieser Roman hätte im gewöhnlichen Taschenbuchformat 200 Seiten. Durch das Überformat ergibt sich jedoch eine viel geringere Seitenzahl, wodurch Druckkosten und Papier eingespart werden.

Prolog – Dschinn Bar / White City

Nitro: Heute muss es endlich passieren, oder meine Brüder lassen mich nie in Ruhe. Hoffentlich kann ich mein Biest zügeln …

Ich komme mir vor wie von Löwen umzingelt. Ihre gefräßigen Blicke ängstigen mich, aber wie immer muss ich gute Miene zum bösen Spiel machen. Hier bin ich nicht Sonja Anaya, sondern eine Bedienung in einem lächerlichen Hosenkleid, einer Halbmaske und einem bauchfreien Oberteil mit Puffärmeln.

Die Dschinn-Bar – oder sollte ich sie besser »Hurenhaus« nennen – ist voller Warrior. Es sind bestimmt über dreißig Krieger anwesend. Auch wenn sie keine Kampfmontur tragen, erkenne ich sie sofort an ihrer großen Gestalt, den ausgeprägten Muskeln und vor allem an ihren Augen. Cedric hatte genau dieselben katzenhaften Augen, die sogar das schummrige Licht im Raum reflektieren. Ich denke oft an ihn. Nur seinetwegen bin ich an diesem Ort.

Leise Musik spielt, irgendwelche elektronischen Töne, an den Wänden hängen Tücher in kräftigen Farben – strahlendes Gelb, leuchtendes Rot, Orange und Blau –, andere sind bemalt mit Blütenmotiven und Schnörkeln. Überall baumeln goldene Kordeln, und Paletten glitzern auf meiner Kleidung und der der anderen Mädchen. Sie huschen zwischen den Kriegern umher und schmeicheln ihnen mit Blicken und zarten Berührungen. Andere Frauen sitzen bei den Männern auf dem Schoß, doch bevor es zu mehr kommt, scheucht Mama Rosalia sie auf und teilt ihnen ein Zimmer zu. Die ältere Frau, die wenig von ihrer Schönheit und Jugend eingebüßt hat – fortschrittlicher Medizin sei dank –, ist hier die Chefin.

Die ovalen Milchglasfenster erlauben keinen Blick nach draußen, und gäbe es keine Uhr, wüsste ich nicht, dass es bereits Abend ist. Ich vermisse die Sonne. Allein die Helligkeit unter der Kuppel muntert mich ein wenig auf, denn gleich werde ich wieder in die Kanalisation absteigen und mich mit den anderen Rebellen in dem unterirdischen Höhlensystem verstecken. Ich hasse diese ewige Dunkelheit, und die ständige Angst, entdeckt und getötet zu werden, zermürbt mich.

Tief atme ich durch und inhaliere die saubere Luft in der Bar. Keine Zigaretten, keine Räucherstäbchen, keine Kerzen brennen hier. In White City ist eben alles anders. Steriler. Moderner. Gesünder. Außerdem würden sich die Warrior an extremen Gerüchen stören, denn all ihre Sinne sind schärfer ausgeprägt als bei uns gewöhnlichen Menschen.

»Soraja, der Süße mit dem Ohrring möchte seinen Drink«, sagt Layla und drückt mir das Glas mit dem blauen Getränk in die Hand. In ihrem schwarzen Haar glitzern Perlen, genau wie in meinem. »Ich glaube, den solltest *du* ihm bringen.«

Ich schlucke, als ich über den Tresen zum Tisch der drei jungen Männer schaue, alles Warrior-Anwärter oder auch Jungspunde, wie sie sich untereinander nennen. Der eine von ihnen mit dem blonden kurzen Haar und dem großen Silberring im Ohr, starrt mich seit einer halben Stunde an. Sein Blick wirkt kühl und lauernd, und die Narbe an seinem Kinn unterstreicht sein kriegerisches Äußeres. Immer, wenn ich zu ihm sehe, schaut er schnell weg.

So ehrlich wie möglich lächle ich Layla an. »Gerne.« Sie ist Aushilfe an der Bar und muss die Kunden ab und zu auch ein Stockwerk höher bedienen. Dort liegen die »Spielzimmer«, in denen sich die Warrior mit einem der Mädchen austoben können. Gerade die Krieger, die noch in der Ausbildung sind, kommen in ihrer knappen Freizeit gerne her, um sich erste sexuelle Erfahrungen anzueignen, damit sie sich später in den Shows nicht blamieren.

Ich erschaudere. Zum Glück muss ich ihnen nur die Getränke bringen.

Diese Farce ertrage ich bereits seit fünf Tagen, und ich muss aufpassen, nichts Falsches zu sagen. Die Krieger besitzen allesamt ein Supergehör, selbst der leiseste Fluch kann mich auffliegen lassen. Himmel, dabei bin ich Ingenieurin und keine Spionin. Aber was tut man nicht alles, um zu überleben und dieser Hölle zu entkommen. Ich will endlich nach Hause, zurück zu meinem alten Leben, meiner Mutter und vor allem meinem Kind. Ich vermisse Noel höllisch und bete jeden Tag, dass er noch lebt.

Lächelnd schreite ich durch die Bar auf den Tisch der jungen Krieger zu. Einer sieht stärker aus als der andere. Der Kleinste von ihnen hat schimmernde Haut und schwarze, zu Zöpfchen geflochtene Haare. Seine Freunde rufen ihn Storm.

Der zweite heißt Mick. Mit den goldenen Locken und dem beinahe femininen Gesicht gleicht er einem Engel, doch er lacht mir zu laut und reißt ständig dreckige Witze.

Ja, und dann ist dort Nitro, der Kerl, der mich die ganze Zeit beobachtet, derjenige von den dreien, der nie lächelt. Über ihn weiß ich am wenigsten, nur dass er sich wie die anderen beiden noch in der Ausbildung befindet. Storm und er sind offenbar Freunde, denn der schwarzhaarige Warrior mit den Zöpfchen lächelt ihn ständig an oder legt kumpelhaft einen Arm um seine Schultern. Storm ist es auch, der mich angrinst, als ich Nitro den Drink an den Tisch stelle.

»Na los, frag sie schon.« Er schubst Nitro an, aber der ignoriert ihn und verschränkt die Arme vor der Brust. Dabei meidet er meinen Blick.

Oh Gott, was will er von mir? Für eine Sekunde starre ich auf seine muskulöse Brust und den Bizeps, der sich durch sein Shirt wölbt, dann gehe ich zurück zum Tresen. Hinter ihm fühle ich mich einigermaßen sicher. Außerdem bietet mir die Halbmaske zusätzlich Schutz. Sie besteht aus silberfarbener Spitze sowie edlen Strasssteinchen und schmiegt sich perfekt an meine Haut. Damit die Mädchen auf der Straße nicht erkannt werden, ist ihr Gesicht bedeckt.

Layla lächelt mich an. »Ich glaube, da hat dich jemand in sein Herz geschlossen.«

Herz? Haben diese Barbaren überhaupt eines? Okay, es sind nicht alle gleich, Cedric war anders.

Wen meinst du?, schreibe ich auf das ePad, mit dem wir auch die Bestellungen aufnehmen. *Den Miesepeter?*

Er ist nur schüchtern, setzt sie grinsend darunter. *Aber mir gefällt der mit den langen schwarzen Haaren besser.*

Viele Frauen würden sich geehrt fühlen, das Herz eines Warrior zu erobern. Layla gehört offensichtlich dazu.

Erneut werfe ich einen Blick auf Nitro. Er dürfte in meinem Alter sein. Da er die Ausbildung noch nicht beendet hat, ist er höchstens zwanzig. Einige Krieger beginnen den Dienst mit achtzehn, andere erst mit einundzwanzig, je nachdem, wie geeignet sie bereits für den Job sind. Diese genmanipulierten Supersoldaten scheinen erst zu altern, wenn sie ihren Dienst in der Todeszone antreten, vorher wirken sie ewig jung und makellos, außer, sie tragen im Training Verletzungen davon. Die Narbe auf Nitros Kinn zeugt von seiner harten Ausbildung.

Ungeduldig schaue ich auf die kleine Uhr hinter dem Tresen. Noch fünf Minuten bis acht, dann darf ich gehen. Heute habe ich interessante Informationen für Julius. Er ist der Anführer der Rebellen, die sich gegen das Regime stellen. Ich konnte ihn überreden, mir den Job in der Dschinn-Bar zu überlassen. Das bin ich Cedric schuldig. Seinetwegen bin ich noch am Leben. Er hätte mich töten können, obwohl ich ihn zuerst umbringen wollte, als er Giftampullen am Wasserrohr angebracht hat, das in die Outlands führt. Er fesselte mich ans Rohr, um erst seinen Auftrag zu erledigen, da habe ich ihm alles über das Leben außerhalb der Kuppel erzählt und dass die Regierung sie alle verarscht. Er hat mir tatsächlich zugehört und ließ mich am Leben. Daraufhin wollte Ced sogar die Seiten wechseln und den Rebellen helfen. Unglücklicherweise muss das durchgesickert sein, denn kurze Zeit später wurde er von einer Granate zerfetzt – und die stammte aus den eigenen Reihen. Ob irgendeiner der Krieger hier schuld an seinem Tod ist? Ein Warrior hat die Granate geworfen, da bin ich mir sicher.

Mein Magen zieht sich zusammen, und ich versuche mich zu beruhigen. Nicht auffallen, selbst Schweißausbrüche oder ein erhöhter Puls bleiben den wachsamen Männern mit ihren Superinstinkten nicht verborgen. Trotzdem bin ich die optimale Besetzung für diese Spionageaufgabe, weil ich den perfekten schlanken Körper habe und somit dem Schönheitsideal der Menschen in White City entspreche. Zum Glück ist wegen der Wochen in der Dunkelheit meine Sonnenbräune verflogen. Die hätte mich ebenfalls verraten können. Zwar lässt die Kuppel ein wenig UV-Strahlung durch, aber richtig braun wird hier niemand.

Vieles ist mir in White City fremd, denn ich komme aus einer anderen Welt. Doch als Ingenieurin besitze ich eine schnelle Auffassungsgabe und technisches Verständnis. Außerdem hat mich Julius vor meiner Mission aufgeklärt und mir die wichtigsten Dinge auf seinem Computer gezeigt.

Mama Rosalia sympathisiert mit den Rebellen. Sie hat mich hier eingeschleust. Viele Warrior kommen regelmäßig her und werden redselig, wenn sie etwas getrunken haben oder mit den Mädchen ins Bett gehen. Sie schnappen einiges auf.

Ja, der Job ist gefährlich, aber noch riskanter wäre es, Wanzen zu installieren. Der Senat lässt diese Bar regelmäßig durchsuchen.

Noch drei Minuten, denke ich, während ich hinter der Theke saubermache und Getränkereste wegputze. Ich kann es kaum erwarten, Julius zu berichten, denn heute habe ich erfahren, wer Cedrics Mord in Auftrag geben ließ: Tony Greer, der Handlanger von Senator Freeman. Außerdem wurde am Westtor eine neue vollautomatische Schussanlage installiert und es ist im Gespräch, dass die Sicherheitscodes für die Kanalisation täglich geändert werden sollen.

Noch zwei Minuten, dann kann ich endlich in die Garderobe gehen und dieses lächerliche Kostüm ausziehen. Darin komme ich mir ohnehin fast nackt vor. Ich habe alle Infos, die wir brauchen, also muss ich nie wieder in diese Bar zurückkehren.

Rosalia hat dieses Leben auch satt, aber sie hat es sich nicht ausgesucht. Der Senat bestimmt, wer Arzt, Mutter oder Hure wird. Und solange sie nichts ändern kann, versorgt sie Julius mit Infos. Im Gegenzug erhält sie Geld für sich und die Mädchen. Sie fragt nicht nach, woher es kommt, und weiß auch nicht, dass Jul – eigentlich Andrew Pearson – der Sohn eines Senators ist. Wenn sein Vater herausfindet, dass er der Anführer der Rebellen ist, wäre er längst tot. Die Wäscherei, die Andrew offiziell betreibt, ist unser Hauptquartier. Darüber gelangen wir auch in den Untergrund. Er trägt das größte Risiko von uns allen und ich bewundere seinen Mut sehr.

Noch eine Minute … Ich hänge den feuchten Lappen an den Haken und verabschiede mich von Layla. »Ich mach dann mal Feierabend.« Sie weiß nicht, dass ich morgen nicht mehr komme. Sie tut mir leid, denn sie ist kaum besser dran als die Sklavinnen, die in den Shows den Kriegern zu Diensten sein müssen. Die meisten hier haben sich jedoch mit ihrem Schicksal abgefunden, Layla scheint es nicht so zu stören wie mich. Trotzdem lege ich kurz die Arme um sie, weil ich irgendwie das Gefühl habe, ihr Trost spenden zu müssen. In Wahrheit will ich wohl nur mich selbst beruhigen.

Verwundert sieht sie mich an, erwidert aber die Umarmung. »Pass auf dich auf, Süße.« Sie zwinkert und nickt zum Tisch der drei Soldaten. Nitro starrt mich an und erhebt sich, die anderen beiden stehen bereits und schauen ebenfalls in meine Richtung.

Oh Gott, schnell zu den Garderoben!

»Du auf dich auch«, sage ich und nehme meine Beine in die Hand, doch Mick ist schneller und versperrt mir den Weg. Der blonde Schönling grinst mich von oben herab an und rückt sein Geschlecht durch die Hose zurecht. »Wohin so schnell?«

Mir wird schwarz vor Augen. Nichts anmerken lassen! »Ich habe Feierabend.«

Er fasst an mein Kinn und zwingt mich, ihm in die raubtierhaften Augen zu sehen. Das helle Blau schimmert, als würde Quecksilber darin schwimmen. »Ich bezahle dich gut, wenn du noch zwei Stunden länger bleibst.« Lasziv leckt er sich über die Lippen.

Zwei Stunden? Ich möchte mir nicht ausmalen, was in seinem Kopf vorgeht. An seinem Blick sehe ich, dass es mir nicht gefallen würde. Am liebsten würde ich ihn auf der Stelle töten, stattdessen lächle ich zittrig und hoffe, er bemerkt meine Lüge nicht. »Ich bin morgen für dich da, Süßer.«

Sein Grinsen verschwindet schlagartig; grob packt er mich am Arm. »Du widersprichst mir?«

Bevor ich überlegen kann, wie ich mich aus dieser beschissenen Situation manövriere, tritt Storm zu uns und sieht seinen Waffenbruder ernst an. »Mick, hör auf, lass sie gehen.«

Engelchen ignoriert ihn.

Da reißt Nitro seine Hand weg. »Nimm deine Pfoten von ihr!«

Mein Herz setzt einen Schlag aus und ich muss unwillkürlich auf Nitro starren. Zwei Falten haben sich zwischen seinen Brauen gebildet, die Lider hat er leicht zusammengekniffen, seine Kiefer mahlen. Ich habe nie einen tödlicheren Blick gesehen, und zum Glück gilt der nicht mir, sondern Mick.

Anstatt wütend zu sein, grinst Engelchen. »Willst du sie haben? Du hast sie doch ununterbrochen anvisiert.« Zu mir gewandt sagt er: »Du wärst die Richtige, bei der er endlich seine Jungfräulichkeit verlieren könnte.«

»Am besten rufst du es durch die ganze Bar«, zischt Nitro.

Moment, wollte Mick Nitro provozieren, damit er mich nimmt?

Ich schlage mich gedanklich auf Nitros Seite. Laut Laylas Erzählungen war er schon ein paar Mal in der Bar, aber er hat nie eins der Spielzimmer aufgesucht. Wieso ist ein angehender Krieger wie er noch Jungfrau? Die Kerle sind nicht schüchtern und strotzen vor Potenz.

Als Mick plötzlich »Hey, Mama Rosalia!« durch den Raum ruft, zucke ich zusammen. Mit einem Finger deutet er auf mich. »Nitro hätte gerne die Kleine.«

Storm grinst schief. »Ja, sie passt zu ihm.«

Hier habe ich nichts mitzubestimmen, das wird mir mit einem Mal bewusst. Ich denke wieder an die Mädchen, die in der Bar arbeiten und es nicht anders kennen, und erschrecke erneut, wie furchtbar ihr Leben unter der Kuppel ist. Schöne neue Welt? Von wegen! Wenn ich meinen Leuten in Resur von White City berichte, werden sie die Bewohner bestimmt nicht mehr beneiden. Sie leiden zwar weder Hunger noch Durst – dafür haben sie keine Chance, ihr Leben selbst zu bestimmen.

»Was gibt es, Jungs?« Mama Rosalia schlendert warm lächelnd zu uns. Gott sei Dank. Sie ist die Einzige, die mich retten kann. Sicherlich hat sie die Situation längst durchschaut, aber sie zeigt weder Wut noch Angst, sondern bleibt ganz Profi.

Storm kratzt sich an einer Braue. »Kann mein Bruder das Mädchen haben?«

»Natürlich«, antwortet sie prompt – und ich fühle mich, als müsse ich auf der Stelle zusammenbrechen.

Ihr Blick flackert nicht, erst als sie sich mir zuwendet und die anderen ihr Gesicht nicht sehen können, scheinen ihre Augen zu sagen: *Es tut mir leid.* »Du wirst den Süßen noch bedienen, danach kannst du gehen.«

Sich zu weigern kommt nicht in Frage. Rosalia würde schlimmen Ärger bekommen, wenn ich den Kriegern nicht gehorche.

Mick und Storm klopfen Nitro auf den Rücken, dabei wünschen sie ihm gutes Durchhaltevermögen und geben ihm allerlei Tipps, wie er mich zu nehmen hat. Ich möchte mir die Ohren zuhalten, als die Sätze »knack sie«, »wenn sie schreit, zeig ihr, wer der Boss ist« und »sie sind nicht so zerbrechlich, wie sie aussehen« von Mick fallen. Hinter meiner Maske beginne ich zu schwitzen, fieberhaft überlege ich, wie ich der Situation doch noch entkommen kann, aber mir fällt nichts ein, mein Kopf fühlt sich leer und dumpf an.

Rosalia nimmt mich auf die Seite. Auf das ePad, das an einer Kordel an ihrer Hüfte hängt, schreibt sie: *Wehre dich nicht, dann geht es schneller vorbei*, während sie sagt: »Ich berechne dir die Extrastunden natürlich.« *Lass dir nichts anmerken, sonst fliegen wir alle auf.*

Auf Knopfdruck verschwinden die Buchstaben, und ich möchte mich übergeben. Doch ich habe gewusst, worauf ich mich einlasse; nur habe ich gehofft, dass der Worst Case nie eintritt.

Mick und Storm kehren feixend zurück an den Tisch, Nitro steht mit gesenktem Kopf dort, wo sie ihn zurückgelassen haben. Die Hände hat er in seiner Cargohose vergraben und er starrt auf seine polierten Stiefelspitzen. Er macht den Eindruck, als würde man ihn zur Schlachtbank führen, nicht mich.

Mama Rosalia hebt die Hand. »Folgt mir, Zimmer vier ist frei.«

Während ich hinter ihr die Stufen nach oben gehe und Nitro in meinem Rücken spüre, als würden sich seine Blicke dort hineinbohren, kommt es mir vor, als würde mein Leben an mir vorbeiziehen – wieder einmal.

Als einzige Outsiderin habe ich es nach White City geschafft. Niemals hatte ich vor, in die Stadt zu gelangen, doch es war eine Verzweiflungstat. Mein Sohn Noel ist an einer Lungenentzündung erkrankt. Ohne Antibiotika hätte er nicht überlebt, aber diese Art von Medizin gibt es in Resur schon lange nicht mehr. Ich habe Todesängste ausgestanden, denn sein Vater ist vor ein paar Jahren an einer Lungenentzündung gestorben. Also hatte ich keine Wahl und bin über die äußere Mauer geklettert, die die Menschen hier den zweiten Ring nennen. Zwischen der Kuppel und dieser Mauer liegt die Todeszone. Dort patrouillieren die Warrior und töten jeden, der versucht, in die Stadt zu gelangen oder sich an den wertvollen Materialien zu bedienen, die wie Müll in dieser Zone verstreut liegen. Es sind Reste vom Stadtbau, und die stehen uns noch am ehesten zu, schließlich haben unsere Vorfahren vor achtzig Jahren White City errichtet.

Durch eine Fügung waren die Krieger kurz abgelenkt, weil sie einen Mann aufgespürt hatten, der einen Sonnenkollektor stehlen wollte. Daher gelangte ich ungesehen zu einem Schacht, der in die Kanalisation führte. Dort irrte ich in völliger Dunkelheit herum, bis ich hungrig und halb verdurstet auf Julius stieß.

Ich muss an mein Kind denken. Es braucht mich, und ich will meinen Jungen endlich wieder in die Arme schließen. Noel wird bald sieben, zu seinem Geburtstag wäre ich gerne zu Hause. Ich habe schon einmal der größten Gefahr getrotzt und es geschafft, über ein Wasserrohr das lebenswichtige Medikament aus der Stadt zu schmuggeln, also werde ich das hier auch überstehen.

»Ware nicht beschädigen!«, sagt Mama Rosalia streng zu Nitro, als wir vor der Zimmertür halten.

»Ich bin keine Bestie«, knurrt er. Finster sieht er sie an und fährt sich über sein kurzes Haar.

Sie starrt düster zurück. Oh Gott, sie hat wirklich Mumm, viel mehr als ich, denn meine Beine wollen mich plötzlich nicht mehr tragen. Ein Warrior hat meinen Vater getötet, und ich würde diesen Kerl gerne dafür büßen lassen.

Wie ferngesteuert betrete ich den kleinen Raum und halte auf das herzförmige Bett zu, das mittendrin steht. Dunkelrote Seidenlaken lassen das Riesenherz im Schein künstlicher Kerzen schimmern.

Fenster entdecke ich nicht, dafür hängen an den Wänden Dinge, von denen ich die meisten zwar noch nie erblickt habe, aber trotzdem weiß, wozu sie dienen: ein Kreuz, um jemanden daran festzubinden, Ketten, Seile, Lederpeitschen … Keuchend stoße ich die Luft aus, denn ich sehe mich bereits wehrlos an einem dieser Gestelle hängen, während Nitro mich schlägt und vergewaltigt, stundenlang. Ich habe so viele grausame Geschichten über die Soldaten gehört und weiß, was sie in den Shows mit den Sklavinnen machen, dass ich kurz davor stehe, in Panik auszubrechen.

Nachdem Mama Rosalia die Tür zugezogen hat, bin ich mit dem Krieger allein. Dicht steht er hinter mir, ich höre ihn atmen, spüre seine Hitze in meinem Rücken. Oh Gott, was wird er tun?

Langsam schleicht er um mich herum, dabei mustert er mich von oben bis unten. Sein Blick flackert, als er mir durch die Maske kurz in die Augen sieht. Er lächelt nicht und wirkt verkrampft, seine Hände ballen sich ständig zu Fäusten. Überlegt er, mich zu schlagen?

Als er plötzlich »Nimm die Maske ab« sagt, in einer dunklen, fast schon knurrenden Tonlage, knicken mir beinahe die Knie ein. Ich muss mich setzen, oder ich breche auf der Stelle zusammen!

Ich lasse mich auf das herzförmige Bett nieder und ziehe den Gesichtsschutz ab. Kühle Luft trifft auf meine feuchte Haut und meine Hände zittern, daher lege ich sie in den Schoß.

Als er mir die Maske abnimmt, berühren wir uns kurz und es knistert, weil ein kleiner Funken überspringt.

Mein Herz rast, mein Atem ebenfalls. Ich kann meine Angst nicht mehr verbergen, so cool bin ich nicht. Wir werden alle auffliegen!

Ich traue mich nicht, zu ihm aufzusehen, denn er steht dicht vor mir, sodass seine Lenden genau vor meinen Augen liegen. Seine Hose beult sich im Schritt, aber ich weiß nicht, ob er erregt oder einfach nur gut ausgestattet ist. Mein Mann ist gestorben, da war Noel gerade drei und ich immer noch ein Teenager. Ich hatte nie viel Sex, Elijas hatte Angst, mich erneut zu schwängern, außerdem hat uns Noel auf Trab gehalten. Es ist zu lange her, und ich fürchte mich davor. Ich habe Angst vor Schmerzen. Angst, dass er meine Unerfahrenheit bemerkt.

Als Nitro plötzlich meine Wange streift, zucke ich zusammen, obwohl seine Berührung äußerst zärtlich ist.

»Du bist hübsch«, raunt er.

Ich weiß nicht, ob ich darauf antworten soll, ich weiß lediglich, dass ich ihm die Hure vorspielen muss. Wahrscheinlich sollte ich ihn ausziehen, ihn befriedigen, was weiß ich! Ich weiß gar nichts mehr, nur dass ich gleich sterbe, weil mein Herz jeden Moment den Dienst versagt.

Er geht in die Hocke und sieht zu mir auf. Schlagartig nehmen mich seine Augen gefangen. Ihre Farbe ist eine Mischung aus Grün und Braun mit goldenen Sprenkeln. Irgendwie sieht Nitro traurig aus.

»Warum hast du Angst vor mir?«, fragt er.

»Vor dir?«, antworte ich in einem viel zu hohen Ton und räuspere mich. »Nein, ich … Es ist mein erstes Mal hier oben in den Zimmern.«

Seine Mundwinkel heben sich, und das sanfte Lächeln nimmt die Strenge aus seinem Gesicht. »Ich war auch noch nie mit einem Mädchen allein.« Er steht auf und geht zu einem Beistelltisch, auf dem sich Getränke und Obst befinden. Dort zieht er eine kleine Dose aus der Hosentasche, nimmt eine Tablette heraus und spült sie mit kräftigen Schlucken aus einer Wasserflasche herunter. Ich traue mich nicht zu fragen, wofür die Pille gut ist. Vielleicht, um die Potenz zu steigern? Oder damit er hart wird, weil er aufgeregt ist?

Mir wird schlecht, schlechter als schlecht, mein Magen ist ein einziges Durcheinander.

Als er mich erneut anblickt, lauernder und entschlossener als zuvor, weiß ich, dass es ernst wird. Oh Gott, er ist so groß und steckt voller Kraft!

Wehre dich nicht, dann geht es schneller vorbei, hallen Mama Rosalias Worte durch meinen Kopf.

Während er sich das Shirt über den Kopf zieht, halte ich die Luft an. Sein flacher Bauch kommt zum Vorschein und zahlreiche Narben. Auf seiner rechten Brust sind vier Rillen zu erkennen, als hätte ein Puma mit seiner Pranke nach ihm geschlagen. Ich kenne den Anblick von Tierverletzungen, die kommen in Resur öfter vor, aber Nitro ist aus White City. Die Narben sehen jedoch älter aus und sind verblasst.

Achtlos wirft er das Shirt auf den Boden und fährt sich durchs Haar. Dabei schaut er zu mir und wippt von einem Bein aufs andere.

Nitro ist jung und schlank und eine Augenweide. Eine tödliche Augenweide mit breiten Schultern, ausgeprägten Muskeln …

Plötzlich reißt er sich die Stiefel herunter und kommt mit schnellen Schritten auf mich zu. Noch ehe ich mich versehe, drückt er mich auf die Matratze, dann wirft er sich halb auf mich, sodass mir die Luft wegbleibt.

Meine Panik ist auf einen Schlag wieder da. Ich möchte schreien, stattdessen liege ich starr vor Schreck unter ihm und lasse es zu, dass er durch das Kostüm meine Brüste knetet.

Sein Atem schlägt gegen meine Wange und er schnuppert an meinem Ohr. Seine Erektion presst sich an meinen Oberschenkel, wobei er leicht das Becken bewegt, um sich an mir zu reiben. Sein Keuchen nimmt zu, und er zieht mir das Top herunter, sodass eine Brust freilegt. Mit großen Augen starrt er auf meinen Nippel, der ihm hart entgegenragt. Er hat sich aus Angst zusammengezogen, denn ich spüre keine Erregung, nur Furcht, abgrundtiefe Furcht. Nitro ist ein roher Mann ohne Erfahrung, er wird mir wehtun … Aber ich muss das überleben, ich muss zurück zu Julius, um ihm die neuen Informationen zu bringen, und ich will zurück zu meinem Sohn. Noel gibt mir Kraft. Seinetwegen werde ich alles überstehen. Wirklich alles.

Als Nitro meine andere Brust entblößt, drücke ich ihn an den Schultern zurück. »Nicht so stürmisch!«

Er verharrt und schaut mich beinahe erschrocken an. »Wie dann?«

Jetzt bloß nichts Falsches machen, Sonja. »Was weißt du über Frauen?«

»Nichts«, sagt er düster und senkt den Blick. Danach rollt er sich neben mich auf den Rücken und schließt die Augen.

»Okay, das ist nicht schlimm.« Doch, ist es! Er wird mir wehtun, ich weiß es einfach! »Frauen mögen es langsam und gefühlvoll. Der Mann muss sie erst vorbereiten auf … den Geschlechtsakt.« Oh Gott, hab ich das eben gesagt?

Außer den wenigen Malen mit Elijas hatte ich keinen Sex. Er war ein richtiger Mann und viel älter, ich hingegen ein halbes Kind! Nach seinem Tod hatte ich keinen anderen mehr, weil ich mich um Noel gekümmert oder wichtige Aufgaben in Resur zu erledigen hatte. Und Cedric habe ich nur ein Mal geküsst, zwischen uns ist nie wirklich etwas passiert. Daher habe ich so gut wie keine Ahnung und kann bloß improvisieren sowie auf das zurückgreifen, was ich gehört habe.

Sex habe ich nie vermisst, Liebe und Geborgenheit schon. Ich meine damit nicht die Liebe, die meine Mutter oder mein Kind mir schenken, sondern die Liebe zwischen Mann und Frau. Von einem Mann in den Arm genommen zu werden, gehalten, gestreichelt, sich beschützt zu fühlen …

Mit zusammengekniffenen Lidern blinzelt mich Nitro an. »Zeig mir, wie ich dich vorbereiten muss.« Er bleibt neben mir liegen, ohne mich zu berühren, und ich bin froh, dass er noch seine Hose trägt. Was ich durch den Stoff erahnen kann, sieht nun noch größer aus als zuvor.

Nachdem ich mich aufgesetzt und mein Oberteil gerichtet habe, lege ich meine zitternde Hand auf seine Brust. Die Hitze seiner Haut droht mich zu verbrennen, und trotz meiner Furcht bewundere ich, wie weich sie sich anfühlt.

»Zuerst musst du die Frau streicheln, zärtlich und an den Stellen, an denen sie es gerne hat.« Ich lasse meine Finger über seine Brustwarzen gleiten. »Die Brüste sind ein guter Anfang, da warst du schon richtig.« *Das Positive loben, wie bei Kindern*, denke ich und hoffe, die Situation irgendwie zu meinen Gunsten beeinflussen zu können. »Du lässt die Hände kreisen, streichelst sie von oben bis unten.« Ich fahre über seinen flachen Bauch und versuche nicht auf die Erektion zu starren, die sich unter dem Stoff aufbäumt. »Du kannst auch den Mund dazunehmen, den Körper küssen und lecken.«

Als ich mich über ihn beuge, um ihm einen Kuss auf das Schlüsselbein zu hauchen, nehme ich sein männliches Aroma wahr. Mein Unterleib beginnt allein bei seinem Geruch zu pulsieren. Nitro duftet so gut! Düster, geheimnisvoll, ein wenig animalisch.

Während ich die Lippen über seine Brust wandern lasse, inhaliere ich mehr von ihm. Ich nehme die Hände dazu, streichle und massiere die harten Muskeln und lecke über seine Nippel.

Nitro stöhnt leise auf. »Ja, das ist wirklich schön.« Als er mich anlächelt, springt mein Herz hart gegen die Rippen. »Ich versuche es bei dir, aber du hast zu viel an.«

Er setzt sich neben mich und zieht mir das Top über den Kopf. Ich möchte meine Arme verschränken, weil er mich anstarrt, als würde er mich auffressen wollen, andererseits treibt sein Blick mehr Hitze in meinen Schoß. Hitze und Nässe.

Kurz denke ich an Cedric. Er war ebenfalls ein Warrior und weder grob noch brutal zu mir. Ob Nitro vielleicht ein bisschen so ist wie er? Ich möchte es glauben, um mich nicht mehr vor ihm zu fürchten. Bisher hat er mir auch nicht wehgetan – im Gegenteil. Er ist neugierig und scheint wirklich wissen zu wollen, was er tun soll.

»Jetzt deine Hose«, raunt er und drückt mich behutsam zurück auf die dunkelroten Seidenlaken.

Schon hat er mir den Stoff über die Hüften gezogen, und gemeinsam mit den Schuhen landet alles auf dem Boden. Nun liege ich splitternackt vor ihm.

Hoffentlich fällt ihm nicht auf, dass ich bereits ein Kind geboren habe. Ich war sehr jung und bin bei der Geburt fast gestorben, aber mein Körper hat kaum Spuren von der Schwangerschaft zurückbehalten, nur um den Bauchnabel habe ich winzige Dehnungsstreifen. Ich möchte nicht, dass er mir Fragen stellt, die mich verraten. In White City würde mir niemals das Privileg zustehen, ein Kind zu bekommen.

Er scheint nichts zu bemerken, denn er starrt bloß zwischen meine Beine und presst sich die Hand auf den Schritt. »Ich muss dich ansehen, Frau«, murmelt er – schon drückt er meine Schenkel auseinander und kniet sich dazwischen.

Oh mein Gott! Von der Kopfhaut bis zu den Zehenspitzen stehe ich in Flammen, und als Nitro an meinen Schamlippen zupft, rast glühende Lust in meinen Schoß. Was ist das? Warum erregt er mich? Er ist mein Feind!

Aber seine schüchterne, neugierige Art hat meine Furcht vertrieben und stattdessen wächst Lust in mir.

»Du riechst lecker«, raunt er und fährt mit dem Finger über meine Klitoris.

Stöhnend zucke ich.

Sofort schaut er zu mir auf. »Nicht gut?«

»D-doch, genau diese Stelle musst du verwöhnen.«

Er grinst durchtrieben. »Habe ich mir gedacht, denn das sieht aus wie ein Mini-Penis.«

Mini… Himmel, seine Zunge! Kleine harte Schläge prasseln auf meine Klitoris ein. Das ist zu viel, ich bin noch nicht so weit, dort schon berührt zu werden. »Du musst von oben anfangen, von oben nach unten«, presse ich atemlos hervor. »Die Stelle ist zum Schluss dran.«

»Okay.« Er richtet sich auf, um sich vor das Bett zu stellen. Als seine Hose fällt, bin ich diejenige, die ihm zwischen die Beine starrt.

Nitro ist wirklich exzellent ausgestattet. Große schwere Hoden, ein langer Schaft und eine ausgeprägte Eichel, die mit dicken Adern überzogen ist … Wird er für mich passen? Eine Schwangerschaft soll eine Frau weicher machen, vielleicht klappt es ja, aber sicher bin ich mir nicht. Oh Gott, jetzt habe ich erneut Angst. Mein letztes Mal ist viel zu lange her!

Auf allen vieren kriecht er über mich. Sein Blick wirkt ernst und nachdenklich. »Ich will nicht, dass du dich vor mir fürchtest.«

Natürlich hat er die Veränderung meines Gemütszustandes sofort wieder bemerkt.

Er schiebt seine Finger in mein Haar und hält plötzlich eine murmelgroße türkisfarbene Perle in der Hand. Er schaut sie an, als hätte er etwas kaputtgemacht. »Oh, das … tut mir leid.«

Da muss ich plötzlich lachen und nehme seine Wangen zwischen meine Hände. »Du kannst sie behalten, Mama Rosalia hat genug davon.«

»Ich mag es, wenn du meinetwegen lachst«, sagt er an meinen Lippen, bevor er mich küsst.

Hilfe, darauf bin ich nicht vorbereitet gewesen. Als sein warmer weicher Mund mich trifft, gilt mein erster Gedanke Cedric. Er hatte auch wundervolle Lippen. Doch das hier ist ein anderer Mann, das ist Nitro.

Vorsichtig stupst er seine Zunge in mich. Als sich unsere Spitzen berühren, trifft mich ein neuer Schlag ins Herz. Dieser angehende Krieger steckt voller Zärtlichkeit, da fällt es mir schwer, ihn zu hassen.

Als er sich von mir löst, ist sein Blick verklärt. »Das ist schön.«

»Ja.« Mehr bringe ich nicht hervor, stattdessen streiche ich durch sein Haar. Obwohl es kurz ist, fühlt es sich weich an.

Er rutscht tiefer, küsst meine Brüste und leckt über meine Nippel. Vorsichtig saugt er daran und entlockt mir weitere Stöhnlaute. Mein Unterleib glüht und badet in Lust.

Nitros warmer Atem schlägt gegen meinen Bauch, meine Hüften, meine … Oh Gott, erneut presst er den Mund auf mein Geschlecht. Er zieht die Schamlippen auseinander und drängt meine Beine zur Seite, dann leckt er hart durch meine Nässe. Ich schwimme, ich schwebe, meine Klitoris klopft im Takt meines rasenden Herzens.

»Ich könnte den ganzen Tag von dir trinken …« Seine raue Stimme klingt durch den Nebel der Lust in meinen Kopf vor. Er hört sich kaum noch menschlich an, aber das muss an meiner verzerrten Wahrnehmung liegen. Seine Zungenschläge bringen mich um den Verstand.

»Wann ist eine Frau bereit?«, fragt er.

»Wenn sie feucht ist.«

»Dann bist du mehr als bereit«, sagt er und schiebt sich auf mich.

Automatisch schlinge ich die Beine um ihn und streichle seinen breiten Rücken.

Sein dunkles Timbre vibriert an meinem Hals. »Zeig mir wie, Soraja, jetzt …«

Ich greife nach seiner Erektion und führe sie an die richtige Stelle. Seine Kuppe dringt sofort in mich ein, der lange Schaft drängt hinterher und füllt mich aus. Nitro kommt tief, so tief und immer tiefer. Oh Gott, er wird mich durchbohren! Aber ich halte es aus, es tut nicht weh, im Gegenteil, er passt für mich und öffnet tief in mir eine neue Pforte, damit ich auch noch das letzte Stück von ihm aufnehmen kann.

»Soraja …« Seine Lider zittern, er schnappt nach Luft. »Ist das geil!« Als er über mir den Kopf in den Nacken legt und sich sein Mund öffnet, sehe ich zum ersten Mal seine Zähne richtig und wundere mich über die Eckzähne, die länger sind als gewöhnlich. Oder ist das bei allen Warrior so? Bei Cedric ist mir das nicht aufgefallen.

Nitro ist nicht Cedric … Nitro hat etwas Animalisches an sich, dieser Eindruck verstärkt sich immer mehr, doch ich stehe darauf, es macht mich tatsächlich an. Ich schlafe mit dem Feind, mit einem Warrior. Oh Gott, was wird Julius dazu sagen? Besser, ich erwähne es nicht, er muss es nicht erfahren, zumal ich glaube, dass er ein Auge auf mich geworfen hat. Ich muss ihn nicht unnötig verletzen, zwischen Nitro und mir ist nichts, ich bin gezwungen mit ihm zu schlafen, um die Mission nicht zu gefährden.

Verdammt, warum fühlt sich dieser Zwang so gut an?

Offenbar habe ich ein Faible für Warrior. Cedric war kein Monster. Ob aus Nitro einmal ein Monster wird, das Sklavinnen mit Gewalt nimmt? Vielleicht kann ich jetzt die Weichen stellen, damit er Frauen in Zukunft mit Respekt und Zärtlichkeit behandelt?

Bloß kann ich kaum einen klaren Gedanken fassen, während er sich in mir bewegt. Er zieht sich fast ganz aus mir zurück, um erneut in mich zu stoßen, immer und immer wieder. Mit jedem Mal wird er schneller, und er hält sich kaum noch zurück. Nitro erobert meinen Körper und meinen Mund. Heiß und gierig schnappt er nach meinen Lippen, saugt an ihnen oder steckt die Zunge in mich, als ob er mich fressen wollte.

Seine Wildheit macht mir keine Angst, denn ich spüre nur noch Lust. Willig drücke ich ihm mein Becken entgegen und keuche jedes Mal auf, wenn er tief in mir diesen verborgenen Ort durchdringt, um mich vollkommen auszufüllen. Ich spüre ihn bis in meinen Unterleib und fühle, wie der Höhepunkt naht. Mein Inneres hält ihn fest, als wollte es noch mehr, obwohl das nicht möglich ist, und plötzlich schwappt die Welle des Glücks über mir zusammen. Mein Schoß besteht aus reiner, brennender Lust, und das pulsierende Gefühl dringt in meinen Bauch, meine Brust, meinen Kopf. Ich schwebe und genieße, ich stöhne und verkrampfe meine Zehen.

Kaum komme ich zu mir, brüllt Nitro: »Soraja«, als der Orgasmus ihn erreicht. Er zuckt in mir und scheint noch härter und länger zu werden, noch ein paar Millimeter tiefer zu kommen. Dann trifft mich seine heiße Saat, füllt den letzten Platz in meinem Schoß und überflutet mich mit noch mehr Hitze.

In diesem Moment kann ich nur fasziniert zusehen, wie sich seine Halssehnen anspannen und ich das Gefühl habe, seine Muskeln würden sich vergrößern. Sein fiebriger Blick ist auf mich gerichtet und seine katzenhaften Iriden wechseln die Farbe. Aus dem Grün-Braun mit den goldenen Sprenkeln wird ein bernsteinfarbenes Gelb. Fangzähne blitzen an seinen Mundwinkeln hervor und ich zwinkere. Haben sich seine Eckzähne tatsächlich verlängert? Und was ist mit seinem Gesicht? Die Wangenknochen erscheinen mir kantiger, die Stirn imposanter, die Nase breiter … Als ein kehliges Knurren aus seinem Hals emporsteigt, schlucke ich und eine Gänsehaut überzieht meinen Körper. Was passiert mit ihm?

»Was ist?« Schwer atmend rollt er sich von mir herunter auf den Rücken. Offenbar hat er seine Verwandlung nicht mitbekommen oder sie ist für ihn normal.

»Nichts«, antworte ich schnell und mustere ihn. Seine Augen sehen wieder aus wie zuvor, die Muskeln ebenso, und Fänge ragen keine mehr hervor. Habe ich mich getäuscht?

Sein großer schlanker Körper ist von einem feinen Schweißfilm überzogen, und er ist noch immer hart. Meine Lust glitzert auf seiner Erektion, und es ist mir plötzlich wieder peinlich, nackt zu sein. Er ist ein Fremder. Ich hatte Sex mit einem Warrior!

Noch immer spüre ich das sanfte Pulsieren in mir, als würde sich mein Schoß nach ihm sehnen.

Nitro sieht mich unverwandt an. »Du lügst, ich kann dein Herz rasen hören und rieche deine Angst.«

Seine Stimme zittert leicht und seine Mimik kann ich nicht deuten. Habe ich ihn verletzt? Oder ist er wütend? Es ist wohl besser, ich sage die Wahrheit. »Für einen Moment hast du ausgesehen wie ein Raubtier.«

Sein Gesicht verdüstert sich. »Ich würde dir nie etwas antun. Du bist nicht mein Feind, Soraja.«

Also habe ich mich nicht getäuscht? Oh Gott, was ist er? Ob ich Jul davon berichten soll? Aber dann müsste ich ihm alles erzählen, auch dass ich mit Nitro im Bett war!

Nein, ich will Jul nicht wehtun, denn ich weiß nicht, wie er reagieren würde. Ich habe großen Respekt vor ihm, außerdem ist er meine einzige Hoffnung, jemals wieder aus White City herauszukommen, das will ich mir nicht verscherzen. Der Tunnelbau schreitet gut voran; nicht mehr lange, und ich kann mein Kind wieder in die Arme nehmen. Daher werde ich kein Risiko eingehen. Ich kann ihm immer noch davon erzählen, wenn ich zurück in Resur bin.

Nitro stößt die Luft aus und schließt gähnend die Augen. »Das war schön mit dir«, murmelt er.

Ja, schlaf schnell ein, damit ich endlich hier rauskomme!

Wie erstarrt bleibe ich neben ihm sitzen. Friedlich sieht er aus und entspannt. Die Härte ist aus seinem Gesicht gewichen und ein zufriedenes Lächeln umspielt seine Mundwinkel.

Da streckt er einen Arm aus, um mich zu berühren. Seine Hand ruht auf meinem Oberschenkel, schwer und fest liegt sie dort, wie angegossen. Sie zuckt leicht, denn Nitro gleitet ins Land der Träume.

Wenn ich jetzt eine Waffe zur Hand hätte, könnte ich ihn töten, bevor er jemals die Gelegenheit bekommt, meine Leute abzuschlachten. Das wäre ein Warrior weniger, der uns das Leben zur Hölle macht, doch allein der Gedanke schreckt mich ab. Nicht nur, dass wir auffliegen würden und die Bar als Informationsquelle vergessen könnten … Nein, Nitro hat etwas an sich, das es mir erschwert, mir auch nur vorzustellen, ihm ein Leid anzutun. Er hat Gefühl gezeigt.

Als ich hoffe, dass er tief und fest schläft, schiebe ich vorsichtig seine Hand weg und ziehe mich neben dem Bett an.

»Sehen wir uns wieder?«, fragt er leise.

Nicht in diesem Leben, denke ich und antworte: »Vielleicht.« Verdammt, ich habe mich getäuscht, er ist immer noch wach! Oder wachsam. Ob einer dieser Krieger jemals richtig schläft?

Ohne die Augen zu öffnen, sagt er: »Wenn du irgendjemandem erzählst, was du gesehen hast …«

… werde ich dich töten, vervollständige ich den Satz in Gedanken.

Er spricht nicht zu Ende, stattdessen schaut er mich durchdringend an, und der mutige, kraftvolle Krieger blitzt in seinen Augen auf.

Dieser Mann ist weder schüchtern noch verklemmt, sondern birgt ein Geheimnis, das niemals ans Tageslicht kommen soll, das spüre ich instinktiv.

Schnell schüttele ich den Kopf und lege eine Hand an seine Wange. »Ich werde nichts sagen. Zu niemandem. Dein Geheimnis ist bei mir sicher.«

Seufzend drückt er meine Finger an sein Gesicht und schließt erneut die Lider. Ich weiß nicht, warum ich das mache, aber ich bleibe bei ihm sitzen und streiche durch sein Haar, bis er wirklich eingeschlafen ist und ich mich leise aus dem Zimmer stehlen kann.

Kapitel 1 – Krankenstation / Resur

Nitro: Vater hat mich mit Elektroschocks gequält, damit die Bestie aus mir hervorbricht. Ich sollte lernen, sie zu kontrollieren. Die Schmerzen waren höllisch, doch sie haben mich stärker gemacht. Ich fühle mich geehrt, Teil eines bedeutsamen und streng geheimen Projekts zu sein. Ich bin nicht irgendein Warrior, sondern habe den Auftrag, die Rebellen und Outsider zu zerfleischen.

Ich bin die Bestie unter den Kriegern und stolz darauf, anders zu sein als meine Brüder. Besser.

Die Menschen in Resur sind erbärmlich und schwach. Sie versuchen, mich zu manipulieren, um mich vom rechten Weg abzubringen, aber das wird ihnen nicht gelingen. Ich befinde mich mitten unter ihnen, etwas Besseres als die Gefangennahme hätte mir nicht passieren können. Ich muss nur auf eine günstige Gelegenheit warten.

Die Erinnerungen an Soraja geben mir Kraft, mich zu gedulden und darauf vorzubereiten, sie alle zu vernichten. Doch ich frage mich ständig, warum sie nicht mehr ins Dschinn gekommen ist. Hat Mama Rosalia sie rausgeworfen, weil sie nicht sofort gehorcht hat? Oder hat sie mein Anblick erschreckt? Sie ist der einzige Grund, warum ich es manchmal bereue, ein Biest zu sein. Ich hoffe so sehr, sie eines Tages wiederzusehen.

Samantha wickelt Noel einen Verband ums Knie und fährt ihm anschließend durch das schwarze Haar. »So, tapferer Mann, fertig.«

Mein kleiner Wildfang hat sich beim Herumtoben das Knie an einer Scherbe aufgeschnitten, sodass Sam die Wunde mit drei Stichen nähen musste. Ich bin wirklich froh, dass sie bei uns ist, denn an Ärzten mangelt es uns in Resur – wie an so vielem anderen auch.

Ich schubse Noel an der Schulter an. »Wie sagt man?«

Er grinst breit. »Danke, Sam!« Dann trollt er sich aus dem Zimmer und ich bin mit ihr allein.

Mein Herz zieht sich zusammen, als ich auf die geschlossene Tür blicke. Noels Tränen haben helle Spuren in seinem schmutzigen Gesicht hinterlassen. Er stromert zu oft auf verlassenen Straßen herum, und das gefällt mir nicht. Zu viele Gefahren lauern in der Wüste, wilde Tiere, Giftschlangen und in letzter Zeit immer mehr zwielichtige Gestalten. Sie strömen aus anderen Regionen zu uns und treiben sich am Stadtrand herum. Aber Noel ist sieben und kein Baby mehr, ich muss ihn ziehen lassen.

Samantha packt ihren Arztkoffer und bringt mich zur Tür.

»Musst du noch zu einem Patienten?«, frage ich sie.

Sie schüttelt den Kopf. »Zu einem Gefangenen. Als Jax mit Crome aus der Kanalisation gekommen ist, haben sie einen jungen Warrior mitgebracht.«

»Ja, ich habe gehört, er hat sich ihnen vor dem Tunnel in den Weg gestellt. Er sitzt also noch im Gefängnis?« Crome wurde relativ schnell entlassen und lebt zusammen mit der befreiten Sklavin Miraja in der neuen Wohnsiedlung am Fuß der Pyramide.

Sie nickt. »Dort wird er wohl noch ewig bleiben, wenn er nicht kooperiert, ich konnte ihm noch nicht einmal Blut für die üblichen Tests abnehmen. Er lässt niemanden an sich heran und will sich nicht anhören, was wir über das Regime wissen. Nitro ist dem Senat treu ergeben.«

Ich erstarre. »Sagtest du … Nitro?«

Unverwandt schaut sie mich an. »Kennst du ihn?«

Mir wird heiß und kalt zugleich. Ich habe bis heute niemandem verraten, was sich vor ein paar Monaten zwischen uns abgespielt hat. Nicht, weil er mir gedroht hat, sondern weil ich Angst in seinen Augen gesehen habe. Niemand soll wissen, dass er eine düstere Seite besitzt. Ob er hasst, was er ist?

Ich habe oft an Nitro gedacht, er hat Cedric fast aus meinem Kopf verdrängt, obwohl ich immer noch an ihn erinnert werde, wenn ich seinen Bruder Jax ansehe. Samantha hat mit ihm einen wirklich fantastischen Fang gemacht.

»Sonja?« Erwartungsvoll hebt sie die Brauen, aber in meinem Kopf spielen sich plötzlich Bilder ab, die ich nie vergessen konnte: Nitro, wie er neugierig meinen Körper erforscht hat, seine Hände überall auf mir. Ich war die Erste für ihn.

Hitze durchströmt mich. So viel Zeit ist seit unserer Begegnung in der Dschinn Bar vergangen. Ob er sich verändert hat?

Samantha lächelt. »Du kennst ihn, Sonja, ich sehe es dir an.«

»Ähm … Ich bin ihm mal begegnet, ja.«

»Mal begegnet?« Ihr Grinsen wird breiter. »Erzähl mir doch keine Märchen, dein Gesicht hat Bände gesprochen. Was lief zwischen euch? Er zeigt sich kein bisschen kooperativ, verweigert ein Gespräch und will uns nicht glauben, dass das Regime alle für dumm verkauft. Vielleicht kannst du zu ihm durchdringen?«

»Vielleicht«, sage ich vorsichtig und erzähle zum ersten Mal einer anderen Person von meiner Begegnung mit ihm.

Samantha lauscht aufmerksam, während wir durch die düsteren Korridore der Pyramide eilen. Früher war dieses gigantische Gebäude ein Hotel und hat als eines der wenigen Bauwerke den Krieg fast unbeschadet überstanden. Heute platzt es aus allen Nähten. Ich freue mich auf den Tag, wenn ich in der neuen Wohnsiedlung ein Häuschen bekomme, aber noch ist der Straßenzug nicht fertiggestellt.

Samanthas Augen drücken Mitgefühl aus. Sie weiß mehr als alle anderen, was in mir vorgegangen sein muss, immerhin war sie in White City eine Sklavin. Sie hatte solch ein Glück, dass Jax sie in der Show erwählt und vor Schlimmeren bewahrt hat.

Die Stelle, an der sich Nitro kurz in ein Biest verwandelt hat, lasse ich aus. Es fühlt sich falsch an, es jemandem zu erzählen, so als würde ich ihm in den Rücken fallen. Ich habe ihm versprochen, zu schweigen.

Als ich ende, schüttelt sie den Kopf. »Wie konntest du das so lange verheimlichen?«

»Ich wollte Julius nicht verletzen. Du weißt doch, er hat ein Auge auf mich geworfen.« Wird Nitro mich hassen, wenn er erfährt, wer ich wirklich bin? Wir stehen schließlich auf verschiedenen Seiten.

»Und hast du Gefühle für Nitro, also … romantischer Natur?«

Ich zucke mit den Schultern, denn ich weiß es nicht. Seit Cedrics Tod will ich keine Gefühle mehr zulassen. Ich habe erst Noels Vater, dann ihn verloren. Vorerst habe ich genug Herzschmerz erlebt.

Sam kennt meine Geschichte und ist in der kurzen Zeit, seit sie in Resur ist, eine Freundin für mich geworden. Sie bohrt nicht nach, dafür bin ich ihr sehr dankbar.

Als wir mit dem Lift in den Keller fahren, in dem der Gefängnistrakt liegt, fragt sie mich: »Weißt du, wozu die Tabletten sind, die er dabei hat? Ich habe sie ihm nicht weggenommen, vielleicht braucht er sie dringend, aber ich bin dabei, die Zusammensetzung zu erforschen.«

Plötzlich erinnere ich mich wieder, dass er eine Pille geschluckt hat, bevor er mit mir geschlafen hat. »Ich habe keine Ahnung.«

***

Vor dem Verhörraum stehen Bürgermeister Forster, Jax, der neue Warrior Crome und Julius. Die beiden Krieger sind richtige Schränke gegen Jul und einen Kopf größer als er.

Als Samantha ihre Arzttasche auf den Tisch stellt, tritt Jax zu ihr und berührt sie kurz an der Hüfte. Diese zärtliche Geste des dunkelhaarigen Hünen rührt an meinem Herz.

Crome lehnt mit verschränkten Armen an der Tür, hinter der sich offenbar Nitro verbirgt. Feuerrote Spitzen funkeln in seinem braunen Haar. Als er ankam, sah er mit dem feuerroten Schopf aus wie ein Dämon, aber Miraja hat ihm kurzerhand einen neuen Look verpasst. Auch sie hatte Glück, das größte Glück von uns allen, denn Miraja ist wirklich durch die Hölle gegangen.

»Gibt es etwas Neues?«, fragt Samantha.

Jax seufzt. »Stur wie eh und je.« Dann blickt er zu Crome. »War der Kerl schon immer so?«

»Ich kenne ihn noch nicht lange, aber im Einsatz war er eher wortkarg.«

»Vielleicht kann Sonja ihn zur Vernunft bringen«, sagt Sam.

Julius tritt zu mir und fährt sich durch sein blondes Haar. Er lächelt. »Wie willst du das anstellen?«

»Mit ihm reden.« Mein Magen zieht sich zusammen. Ich glaube, Jul macht sich weiterhin Hoffnungen bei mir. »Ich bin ihm bereits einmal begegnet.«

Seine Brauen ziehen sich zusammen. »Wann?«

»In der Dschinn Bar.«

»Und dort hast du … mit ihm geredet?«

Mein Gesicht erhitzt sich. »Ja.« Ich möchte vor all den Leuten wirklich nicht ins Detail gehen. »Kann er uns hören?« Ich nicke zur Tür mit dem kleinen Sichtfenster. Von meiner Position aus kann ich nicht hindurchsehen. Meine Neugier auf Nitro wächst mit jeder Sekunde.

Jax schüttelt den Kopf. »Der Raum ist gut isoliert.«

Also weiß er noch nicht, dass ich hier bin. Oh Gott, ich bin so aufgeregt. Hoffentlich redet er mit mir. »Er schien mir vertraut zu haben, vielleicht tut er das immer noch.« Unwahrscheinlich, aber ich möchte es versuchen.

Jul nickt ernst. »Jax und Crome kommen mit.«

»Ich würde gerne unter vier Augen mit ihm sprechen.« Meine Hände sind feucht vor Aufregung und ich wische sie an meiner Jeans ab. Oh Gott, wenn ich gewusst hätte, dass ich heute Nitro treffe, hätte ich mir etwas Hübscheres angezogen. Mein T-Shirt ist voller Flecken, und Blut klebt an der Hose, denn ich habe Noel nach seinem Sturz zu Samantha getragen.

»Wir haben ihn für das Verhör angekettet.« Bürgermeister Forster tritt zu uns. »Wenn sie ausreichend Abstand hält, kann nichts passieren.«

Sie haben ihn angekettet? Wie ein Tier? Er muss wirklich Widerstand geleistet haben.

Jax legt die Hand an den Türknauf. »Ist gut, aber sollte er auch nur mit der Wimper zucken, bin ich sofort bei dir drin.«

Ich erschrecke jedes Mal aufs Neue, wenn ich Jax anblicke, denn ich erkenne immer noch Cedric in seinen Gesichtszügen. Vielleicht würde sein Bruder noch leben, wenn er meinetwegen nicht die Seiten gewechselt hätte. Andererseits hätte Ced weiterhin das Wasser vergiftet, anstatt uns helfen zu wollen. Dann wäre er unser Feind.

Darüber nachzudenken, zermürbt mich, daher lenke ich meine Konzentration lieber auf Nitro. »Okay, so machen wir es.«

»Komm ihm bloß nicht zu nah. Bleib auf der anderen Seite des Tisches«, sagt Jax und öffnet die Tür.

Als Nitro mich sieht, springt er auf, bleibt jedoch hinter dem Tisch stehen. Er ist neben zwei Hockern das einzige Möbelstück in dem fensterlosen Raum. »Soraja!« Er trägt eine Einsatzhose in Tarnfarben und ein eng anliegendes schwarzes T-Shirt. In seinem Ohr funkelt immer noch der große Silberring, aber um seinen Hals trägt er nun eine Kette, deren Anhänger unter dem Stoff seines Hemds verschwindet.

Ich schlucke hart. »Hallo Nitro.« Um seine nackten Fußknöchel liegen dicke Schellen, die mit Eisenketten mit der Wand hinter ihm verbunden sind. Die Hände haben sie ihm auf den Rücken gefesselt. Nitro kann wirklich nicht zu mir gelangen. Es schmerzt mich, ihn so zu sehen. Zum Glück ist er nur für die Dauer des Verhörs und Samanthas Untersuchung in dieser unbequemen Lage.

Er lächelt mich an. »Soraja, was machst du hier? Geht's dir gut? Bist du ihre Gefangene?«

Mein Puls klopft hart in den Ohren. Nitro hat sich kaum verändert, nur seine Haare sind länger geworden. »Ich bin nicht ihre Gefangene.«

Er reißt die Augen auf, anschließend beugt er sich vor, so weit es die Ketten zulassen, und zieht geräuschvoll die Luft ein. »Ich rieche Blut!«

»Das ist nicht von mir, sondern von meinem Sohn«, sage ich schnell. »Er hat sich vorhin verletzt.«

Keuchend stößt er die Luft aus. »Du hast ein Kind?«

Oh Gott, er sieht jetzt schon so aufgebracht aus! »Bitte setz dich doch, dann erzähle ich dir alles.«

Er hockt sich tatsächlich hin, und ich setze mich vorsichtig auf den anderen Platz. »Mein Name ist Sonja, Sonja Anaya, nicht Soraja«, beginne ich langsam. »Damals im Club … Ich war undercover dort.«

»Ich verstehe nicht … Hast du für die Regierung gearbeitet?«

»Ich war …« Wie soll ich es ihm möglichst schonend beibringen? »… eine Rebellin.«

In seinem Gesicht spiegelt sich zuerst Verwirrung, danach Unglauben. Als er begreift, wer ich wirklich bin, verwandelt sich das Grün-Braun seiner Iriden in bernsteinfarbenes Gelb. Enttäuschung und Hass blitzen in seinen Augen auf. Mit einem ohrenbetäubenden Brüllen springt er auf, und wie in Zeitlupe sehe ich, dass er seine Fesseln zerreißt und es die Ketten aus der Wand sprengt. In einer fließenden Bewegung packt er mich unter den Armen, hebt mich nach oben und presst mich gegen die Wand. Seine krallenbespickten Finger legen sich an meinen Hals. Oh Gott, er will mich umbringen!

Jax und Crome sind sofort im Raum. »Lass sie los, oder wir erschießen dich!«

Sie richten die Pistolen auf ihn, ebenso zwei Wachmänner, die hinzugekommen sind.

Nitros Hand zuckt, aber er drückt nicht zu. Ich bekomme genügend Luft.

»Ich reiße ihr die Kehle heraus, noch bevor ihr abgedrückt habt!« Seine Stimme ist ein einziges Knurren.

Angsterfüllt starre ich in sein Gesicht, das kaum noch menschliche Züge besitzt. Seine Augen sind die eines Raubtieres, die Mundwinkel haben sich verzogen und seine scharfen Fänge blitzen auf.

Obwohl meine Glieder eine Tonne zu wiegen scheinen, hebe ich langsam die Hand und lege sie an seine Wange. »Du bist hier sicher, Nitro. Niemand will dir etwas Böses, ich am allerwenigsten. Du musst nur ein wenig kooperieren.« Die andere Handfläche drücke ich an seine Brust. Dort spüre ich sein rasendes Herz. Es schlägt mindestens genauso schnell wie meines.

»Alle raus hier, oder ich töte sie«, sagt er grollend zu den anderen und fletscht die Fänge.

Crome stößt einen Fluch aus. »Fuck, was ist er?«

»Bitte geht raus und lasst uns allein.« Meine Stimme bebt. »Es ist okay, ich habe keine Angst vor ihm.«

»Sonja«, zischt Jax. »Du weißt nicht, wen du vor dir hast. Er ist ein Killer!«

»Ich kenne ihn, er wird mir nichts tun.«

Nitro sagt dazu nichts, sondern starrt weiterhin alle hasserfüllt an. Seine Nasenflügel blähen sich, und ein leises Knurren steigt aus seiner Kehle auf.

Jax kneift die Lider zusammen. »Wenn du ihr auch nur ein Haar ausreißt, zerlege ich dich scheibchenweise, Bruder.«

»Wir sind keine Brüder, du Verräter«, grollt Nitro.

Jax zieht eine zweite Waffe. »Ich bringe ihn um.«

»Bitte geht!« Während ich die anderen anflehe, zu verschwinden, streichle ich Nitros Brust. Er lässt es zu, vielleicht ist er aber auch zu abgelenkt, um meine Hand wegzuziehen. Er fixiert weiterhin die Personen im Raum, die alle auf ihn zielen.

Jax, Crome und die Wachen treten widerwillig den Rückzug an.

»Ich hoffe, du weißt, was du tust«, murmelt Jax, dann sind wir wieder allein.

Aufatmend schließe ich die Augen. Jetzt kann ich nur noch beten, dass mich meine Gefühle nicht trügen.

»Du fürchtest mich nicht?«, zischt er in mein Ohr, und ich spüre seinen Atem an meinem Hals. »Du stirbst fast vor Angst.«

Mutig schaue ich ihn an, doch mein Blick wandert immer wieder zu seinen verlängerten Eckzähnen. Ob er mich damit zerfleischen könnte? »Du hast einmal zu mir gesagt, ich sei nicht dein Feind. Das stimmt, Nitro, das bin ich nicht. Wir alle hier nicht.« Erneut streichle ich seine Wange und versuche, meine Stimme sanft klingen zu lassen, obwohl die Furcht nach wie vor an mir nagt.

»Du hast mich belogen.«

»Es tut mir leid, ich wünschte, das hätte ich nicht tun müssen.« Sein Körper strahlt eine unglaubliche Hitze aus, doch ich vermute, Nitro beruhigt sich langsam. »Ich wollte dich nicht verletzen.« Er würde merken, wenn ich ihn anlüge, aber ich meine jedes Wort ehrlich.

Er zieht mich zu einer anderen Wand und dreht der Tür den Rücken zu. »Mein erstes Mal habe ich einer Rebellin geschenkt«, sagt er leise. »Und ich dachte, du bist etwas Besonderes.«

Er ist verletzt und in seiner Ehre gekränkt. Nitros schmerzverzerrtes Gesicht drückt alles aus, was er in diesem Moment fühlt, und das ist höllische Seelenqual. Der Feind hat ihm die Unschuld geraubt, ihm, einem Warrior! Natürlich will er mich dafür büßen lassen.

Plötzlich nehme ich aus den Augenwinkeln eine Bewegung hinter ihm wahr. Die Tür öffnet sich langsam.

»Denkst du, ich war glücklich darüber, mit dir ins Bett zu müssen? Ich wollte nur noch aus dieser verdammten Bar raus!« Ich muss ihn ablenken, jemand schleicht sich an! Hoffentlich tun sie ihm nicht weh.

Seine Augen verengen sich zu Schlitzen. »Dann warst du eine verdammt gute Schauspielerin, denn du hast ausgesehen, als hätte es dir gefallen. Wem hast du vom Biest erzählt, du Hure?«

Mühsam halte ich die Tränen zurück, denn seine Worte schneiden in mein Herz. »Keinem. Niemand weiß, was ich gesehen habe, ich habe mein Versprechen gehalten. Und ich bin keine Hure! Seit dem Tod meines Mannes war ich mit keinem mehr im Bett außer mit dir!« Mit beiden Händen streiche ich Haarsträhnen hinter sein Ohr und spiele an der Ohrmuschel, damit er hoffentlich nicht hört, dass sich ihm jemand nähert.

Sein Atem geht flacher, die größte Anspannung weicht aus seinem Gesicht. Offensichtlich gefällt es ihm, wenn ich ihn am Ohr berühre. Dennoch sieht er immer noch verletzt aus.

»Ja, ich war gezwungen, mit dir zu schlafen, um die Mission nicht zu gefährden«, sage ich sanft, »aber es hat uns doch beiden gefallen? Das war nicht gespielt, Nitro. Und wir müssen keine Feinde sein. Du bist jetzt frei, du musst nicht mehr tun, was das Regime dir befiehlt.«

Sein Gesicht nimmt langsam das normale Aussehen an, das Gelb verschwindet aus seinen Augen. Gott sei Dank, er beruhigt sich.

Als er die Hand von meiner Kehle nimmt, steht Crome plötzlich hinter ihm. Für den Bruchteil einer Sekunde starrt Nitro mich überrascht an, dann sackt er vor mir auf den Boden.

Ich schnappe nach Luft. »Oh Gott, was hast du gemacht?«

»Druckpunkttechnik.« Triumphierend grinsend wackelt Crome mit dem Daumen. »Keine Sorge, er ist bloß kurz bewegungsunfähig.«

Sofort strömen Jax, Julius und andere Leute in den Raum.

»Verdammt, Sonja!« Jul scheint richtig wütend zu sein, aber ich weiß, dass er sich nur Sorgen gemacht hat. »Was hast du dir dabei gedacht!?«

Als meine Anspannung weicht, muss ich plötzlich weinen. »Ich weiß, dass er ein gutes Herz hat, Jul. Er hätte mir garantiert nichts getan.« Doch sicher bin ich mir nicht. Mordlust hat in den Tiefen seiner Pupillen geflackert.

Julius drückt mich an sich, dann legt er einen Arm um meine Schultern und führt mich aus dem Raum. »Ich glaube, du musst mir einiges erzählen.«

Ich nicke, aber meine Gedanken gelten im Moment nur Nitro.

»Legt ihn in seiner Zelle aufs Bett, dort kann ich ihn am besten untersuchen«, höre ich Samanthas Stimme und drehe mich zu ihr um.

Crome und Jax haben Nitro unter den Armen gepackt und schleifen ihn über den Gang. Ein Wärter öffnet eine Tür, danach verschwinden sie in dem Raum.

»Ich muss zu ihm«, sage ich zu Jul und folge ihnen.

Nitro liegt in seiner kleinen Zelle auf dem Bett und starrt an die Decke. Außer dieser Pritsche, einem Waschbecken und einer Toilette gibt es nichts in dem Loch.

»Ist er wach?«, frage ich Crome.

»Ja, er bekommt alles mit, er kann sich nur nicht bewegen.«

Während sich Crome in Schulterhöhe postiert und Jax seine Füße festhält, knie ich mich ans Kopfende, um ihm über das Haar zu streichen. »Hab keine Angst. Samantha … Dr. Walker ist Ärztin, sie wird bloß ein paar harmlose Untersuchungen durchführen. Das muss sie bei allen Neuankömmlingen machen.« Er sieht nicht aus, als hätte er Angst, sondern als würde er mich umbringen wollen, sobald er sich bewegen kann. Seine Augen funkeln gefährlich.

»Was ist mit ihm los?«, fragt Crome, als Sam ihm am Arm Blut abnimmt. »Er ist verdammt stark. Und habt ihr seine Augen gesehen?«

Jax hebt die Brauen und schaut mich an. »Sonja?«

»Ich weiß es nicht. Wirklich.« Zärtlich fahre ich über sein Gesicht. Die Bartstoppeln fühlen sich feiner und viel weicher an als gewöhnlich.

Plötzlich sticht mir der Anhänger seiner Kette ins Auge. Er liegt genau in der Kuhle an seinem Hals. Es ist die türkisfarbenen Perle, die er mir damals aus dem Haar gezogen hat.

Oh Gott, er hat sie behalten! Mein Inneres erwärmt sich. Jetzt kann ich seinen Schmerz und seine Enttäuschung noch besser verstehen. Er muss sich schrecklich fühlen.

»Es tut mir leid«, wispere ich. »Bitte sei mir nicht länger böse.«

Samantha zieht mit dem Daumen seine Oberlippe hoch. »Die Eckzähne sehen etwas spitzer aus, aber ansonsten sind sie normal lang.«

»Das waren zuvor Fänge«, sagt Jax. »Offenbar kann sich der Kerl verwandeln.«

Sam schiebt Nitros T-Shirt über den Bauch und sofort werden seine Narben sichtbar. Sie fährt mit dem Finger darüber. »Die Verletzungen sehen schon älter aus«, murmelt sie. »Könnten sogar aus seiner Kindheit stammen.«

Nitro knurrt leise.

Crome drängt mich zur Seite, um seine Arme festzuhalten. »Beeil dich, lange bleibt er nicht mehr gelähmt.«

»Bin gleich fertig.« Sie schiebt das Shirt bis über seine Brust, woraufhin ich vier Rillen erkenne. »Woher kommen diese Spuren, was meinst du, Jax?« Meistens sind es vier Kratzer nebeneinander.

Er zuckt mit den Schultern. »Ich habe keine Ahnung, genauso wenig wie ich weiß, was er ist. Ich habe so eine Reaktion bisher niemals bei einem Warrior gesehen.«

»Ich auch nicht«, murmelt Crome.

Sam zieht den Stoff wieder über seinen Bauch. »Sieht aus, als hätte ihn eine Raubkatze angefallen.«

Genau dasselbe habe ich damals auch gedacht. »Könnte er sich selbst verletzt haben?«, frage ich.

Sie nickt. »Möglich.« Als Nächstes betrachtet sie seine Hände. »Die Krallen schieben sich anscheinend unter den Fingernägeln hervor. Faszinierend.«

»Bist du fertig, Samantha?« Crome hält immer noch Nitros Arme. Seine Muskeln zucken. »Lang wird sein Zustand nicht mehr andauern.«

Nitro schaut ihn an und flüstert: »Ich werde mich euch niemals anschließen, Verräter.« Dann fällt sein finsterer Blick auf mich. »Und du … fass mich nie wieder an.«

Mein Hals verengt sich und das Ziehen hinter meinem Brustbein nimmt mir die Luft. Ich will nicht, dass er mich hasst.

»Okay, verlassen wir die Zelle.« Sam steht auf und wir folgen ihr. Kaum ist die Tür verriegelt, ertönt Gebrüll aus dem Raum.

Ich fühle mich gleich noch schlechter. Weil ich ihn abgelenkt habe, konnte Crome ihn betäuben. Jetzt wird er mir niemals mehr vertrauen.

Warum ist er mir so wichtig? Er ist mein Feind!

Seufzend fährt sich Jax übers Kinn und starrt Sam nachdenklich an. »Wenn er dir auch nur ein Haar krümmt, Doc, sehe ich mich gezwungen, ihn umzubringen.« Anschließend wendet er sich an alle. »Wenn ich mit Crome zu den Plantagen fliege, wird sich jeder …« Er wirft einen besonders scharfen Blick auf mich. »… von ihm fernhalten. Keiner betritt seine Zelle, auch keine Wache.« Er schaut zu Forster. »Ihr Einverständnis vorausgesetzt, Bürgermeister.«

Forster nickt. »Der Mann ist lebensgefährlich.«

Zustimmendes Gemurmel ertönt. Offenbar ist keiner scharf, von Nitro zerfleischt zu werden.

Crome ist nach Jax der zweite Warrior, der übergelaufen ist. Während er sich uns sofort angeschlossen hat, weigert sich Nitro vehement, sich gegen das Regime zu stellen.

Ich seufze innerlich. Warum sollte es auch mit jedem Krieger so einfach sein wie mit Jax und Crome? Die beiden werden bald mit achtzig anderen Männern und Frauen zu weit entfernten Zuckerrohrplantagen aufbrechen, um Sklaven zu befreien. Dann ist Nitro der einzige Warrior hier …

Während die Männer diskutieren, was mit ihrem Gefangenen los ist, nimmt mich Sam auf die Seite.

»Er war nicht erfreut, dich zu sehen.«

»Er ist bloß … verletzt.« Und wie er das ist. Ich wünschte, ich könnte irgendetwas tun, um ihn auf unsere Seite zu bringen.

Kapitel 2 – Ein paar Wochen später

Nitro: Ich muss alle Outsider töten, ihnen die Kehlen zerfleischen. Der Drang wird immer stärker. Ich muss sie vernichten, dazu wurde ich geschaffen. Wenn ich mit den Köpfen der Rebellen nach White City zurückkehre, wird Vater stolz auf mich sein.

Und ich habe schon einen Plan, wie ich das anstelle.

Wäre da nur nicht Sonja, die mich mit ihren Besuchen quält. Die Outsider haben sie offenbar geschickt, um mich auf ihre Seite zu ziehen. Sie soll mich manipulieren, aber davor hat Vater mich gewarnt. Während meiner jahrelangen Geheimausbildung hat er mir gezeigt, mit welchen Methoden sie arbeiten könnten und dass es anstrengend wird, ihnen zu widerstehen.

Er hatte recht. Ich ertappe mich dabei, Sonjas Lügen glauben zu wollen, und ich freue mich tatsächlich jedes Mal, wenn sie vor meiner Zellentür steht. Ich fühle mich immer noch zu ihr hingezogen, verdammt, dabei weiß ich doch, dass sie mir etwas vorspielt.

Wenn Vater von meinen Gefühlen erfährt, wird er mich verachten. Er hat mich gelehrt, sämtliche Emotionen auszuschalten. Sie machen schwach, hat er gesagt.

Sonja hat mir etwas gegeben, das er mir immer verwehrt hat: Zuneigung.

Davon hätte ich gerne mehr, sie hat mich damit im Dschinn schon süchtig gemacht, als ob sie geahnt hätte, dass wir uns eines Tages wieder begegnen. Ihre sanften Berührungen, die meinen Körper unter Strom gesetzt haben, verfolgen mich bis in meine Träume.

In den letzten Wochen haben sich die Ereignisse überschlagen. Crome wurde auf den Plantagen schwer verletzt, aber zum Glück hat er sich schnell erholt. Danach ist er mit Jax nach White City aufgebrochen, um die Tochter von Senator Murano zu entführen, in der Hoffnung, dadurch einen Krieg zu verhindern. Der Senat hatte beschlossen, Resur anzugreifen.

Zwei Warrior sind durch die Wüste zu uns gekommen, Ice und Storm. Sie hatten Sprengstoff dabei, doch unsere Männer haben die Saboteure rechtzeitig entdeckt. Storm wurde angeschossen, Ice konnte fliehen.

Ich kann mich an Storm erinnern, er war damals ebenfalls in der Dschinn Bar und Nitros Freund. Ob er mich erkennen würde? Schließlich hat er mich nur mit Maske gesehen.

Es hat sich herausgestellt, dass Storm lediglich zu Mark Lamont wollte, denn die beiden hatten ein Verhältnis miteinander. Mark ist nach Samantha der zweite Arzt aus White City. Immer wieder hat er uns geholfen und war unser Kontaktmann unter der Kuppel.

Jeden Tag berichte ich Nitro durch die Klappe der Zellentür, wie der Kampf gegen das Regime voranschreitet und was sonst noch in Resur und White City passiert. Auch ein Video über die Menschen in Resur, das Jul gedreht hat, habe ich ihm von der Tür aus auf einem Tablet-PC gezeigt, doch er schaut nicht hin. Selbst als ich ihm erzähle, dass sein Freund Storm die komplizierte Operation zwar überlebt hat, aber nicht mehr der Alte ist, lässt ihn das kalt. Er will diesen Verräter nicht sehen, und meinen Schilderungen glaubt er nicht. Sogar die Kette mit meiner Perle trägt er nicht mehr, was mich irgendwie am meisten schmerzt.

Während all der aufregenden Zeit komme ich ihn immer wieder besuchen, nur in seine Zelle darf ich nicht. Ich stehe an der Tür und schiebe ihm selbstgebackenen Kuchen durch die Luke, frische Kleidung oder etwas zu lesen. Ich weiß nicht, ob er das alles annimmt, denn meistens dreht er mir den Rücken zu. Ich bleibe dennoch eine Weile, um meinen Monolog zu führen und ihn zu studieren. Jeden Tag scheint er mehr zu verwahrlosen. Er kann sich nicht rasieren, denn ihm eine Klinge in die Hand zu geben, ist zu riskant. In der Zelle gibt es keine Dusche, nur ein Waschbecken und eine Toilette. Es sieht schlimm aus in dem Loch, und es stinkt. Wir müssen ihn dort endlich rausholen, aber Sam wartet noch auf ein Betäubungsmittel, das wir ihm mit einem Blasrohr von der Tür aus injizieren können. Anders können wir ihn nicht verlegen, denn bei der kleinsten Aufregung mutiert er zur Bestie.

Wenn ich nicht bei ihm bin, lenke ich mich mit Arbeit ab. Zu tun habe ich genug. Die Frischwasserversorgung läuft weitgehend, denn dank Mark haben wir ein Spezialteil für die Wasseraufbereitungsanlage bekommen. Gesundes Trinkwasser zu produzieren, gehört zu meinen Hauptaufgaben, denn viele Menschen sind durch das verseuchte Wasser gestorben, nachdem White City die Lieferung gestoppt hat. Dabei befinden sich unter der Kuppel gigantische Süßwasserspeicher.

Außerdem muss in der neuen Wohnanlage die Stromversorgung sichergestellt werden, und ich muss rausfahren zum Kraftwerk am Staudamm, um Leitungen mitzunehmen.

Noel macht mir auch ein wenig Sorgen. Er treibt sich zu gerne mit einer Gruppe Jugendlicher oder seinem Freund Vance in den Straßen herum. Auch wenn ich versuche, ihn oft in meine Arbeit einzubinden, um mit ihm zusammen zu sein, kann ich nicht verhindern, dass er seinen eigenen Kopf bekommt. Ich kann ihn lediglich auf die Gefahren hinweisen, die ihn da draußen erwarten.

In den vielen Monaten, in denen ich in White City gefangen war, ist ihm meine Mom mehr eine Mutter geworden als ich. Zu ihr hatte er ohnehin schon immer engen Bezug, da ich selbst noch ein halbes Kind gewesen bin, als er auf die Welt kam. Ich glaube, wir haben fast ein geschwisterliches Verhältnis zueinander.

Gemeinsam mit Miraja, Cromes Freundin, plane ich, ein Waisenhaus aufzubauen. Die Streuner kommen nur auf dumme Gedanken und sollten in die Schule gehen. In der Pyramide werden die Kinder unterrichtet, und Miraja ist dabei, eine eigene Klasse zu übernehmen.

***

Weitere Tage vergehen, aber ich erreiche Nitro nicht. Alle in Resur freuen sich, denn White City ist vor knapp einer Woche gefallen, doch ich kann nicht lange mit ihnen feiern. In Gedanken bin ich meist bei ihm. Wie kann ich ihm glaubhaft versichern, dass seine Vorgesetzten im Gefängnis sitzen und bald eine neue Regierung entstehen wird?

Mit Marks kleinem Computer filme ich die lachenden Menschen und zeige sie Nitro, zusammen mit der Rede, die Julius und die Senatorentochter Veronica in White City gehalten haben, nachdem das Regime gestürzt war.

»Du bist frei, Nitro. Du musst nicht mehr für den Senat arbeiten.«

Obwohl ich ihm die Bilder zeige, will er mir nicht glauben. »Verschwinde«, knurrt er und dreht mir den Rücken zu.

Vermutlich habe ich ihn verloren, wir alle haben das. Es ist nicht nur, dass er mir nicht zuzuhören scheint, sondern er wird immer aggressiver und verwandelt sich oft in dieses Biest. Wenn ich bei ihm bin, tigert er murmelnd in der Zelle umher oder faucht vor sich hin. Sein Verstand scheint nicht mehr zu funktionieren.

***

»Offenbar liegt das an den fehlenden Tabletten«, sagt Samantha am nächsten Tag. Ich sitze mit ihr auf der Krankenstation in einem winzigen Büro, das sie sich mit Mark teilt, und trinke Kaffee. »Er hat schon lange keine Pillen mehr und will mir nicht sagen, was es für welche sind. Ich konnte die Zusammensetzung hier leider nicht herausfinden, dazu haben wir nicht die nötige Ausstattung. Aber jetzt kann ich ins White City Hospital, um dort das Labor zu benutzen. Nur habe ich nicht wirklich Lust, unter die Kuppel zurückzukehren.«

Ich kann sie so gut verstehen. »Das hätte ich auch nicht.« Nachdem ich die Tasse auf den Schreibtisch gestellt habe, starre ich auf die Mauer hinter ihrem Rücken. Nitro liegt dahinter festgezurrt und betäubt in einem Krankenbett. Nachdem ich ihm gestern berichtet habe, dass die Tore nach White City nun für alle geöffnet sind und die Senatoren hinter Gittern sitzen, ist er völlig ausgerastet.

Offiziell liegt er auf der Station, weil er krank geworden ist. Die Bürger sollen nicht beunruhigt werden. Sie brauchen jetzt keine schlechten Nachrichten.

»Vielleicht hat Mark bald Neuigkeiten für uns. Er versucht gerade, die zerstörten Daten wiederherzustellen.« Mark ist nicht nur ein hervorragender Arzt, sondern auch ein leidenschaftlicher Programmierer und Hacker.

Nach dem Fall des Regimes hat ein Selbstzerstörungsmechanismus viele geheime Daten vernichtet. Ich hoffe, Mark findet heraus, was Nitro helfen kann.

Sam lehnt sich in ihrem Stuhl zurück. Sie sieht müde aus, denn die letzten Wochen waren sehr anstrengend. Für uns alle. »Vermutlich haben die Tabletten das Biest in ihm zurückgehalten, es irgendwie reguliert.«

Ich erinnere mich daran, dass er eine Pille genommen hat, bevor er mit mir geschlafen hat. War sie dazu gut, damit ich nicht sehe, was er wirklich ist? »Wenn er sich aufregt, scheint er die Kontrolle über sich zu verlieren und dieses andere Ich kommt hervor.«

Sam nickt. »Sämtliche Gemütszustände, die die Rezeptoren im Hypothalamus stimulieren, scheinen seine Mutationen auszulösen.«

Erneut starre ich auf die Wand. Ich war nicht dabei, als er sich gestern so schlimm in seiner Zelle verletzt hat, dass sie ihn betäuben mussten. Samantha hat aus White City ein Mittel geliefert bekommen, das man mit einer Spezialpistole abfeuern kann. Der Betäubungsschuss hat auch sofort gewirkt, und Sam konnte seine Verletzungen auf der Krankenstation versorgen. Zum Glück waren die Kratzer auf seiner Brust nicht lebensbedrohlich. Seitdem hängt er an einem Tropf, damit er weiterhin ruhiggestellt ist.

Ein Warrior namens Rock steht vor dem Zimmer, um ihn zu bewachen. Rock kam von den Plantagen zu uns, er war dort einer der Wachmänner. Der riesige Glatzkopf ist mir ein wenig unheimlich, aber Jax vertraut ihm und ich traue Jax' Urteil.

Seufzend reibe ich mir über die Stirn. »Vielleicht hat ihn die Enge der Zelle verrückt gemacht. Er war zu lange eingesperrt.« Ich möchte mir nicht ausmalen, wie er sich gefühlt haben muss, allein mit dem Biest in ihm. »Was passiert jetzt mit ihm?«

»Wenn ich nicht bald erfahre, was er für Medizin nehmen muss oder was wir hier sonst für ihn tun können, wird er nach White City verlegt. Dort gibt es ein Hochsicherheitsgefängnis.«

Sie muss nicht weitersprechen. Nitro ist ein zu großes Risiko für uns alle. »Wann?«, frage ich, und mir schnürt es die Kehle zu.

»Für morgen Früh habe ich ein freies Shuttle bekommen.«

Morgen schon …

Plötzlich geht die Tür auf und Mark stürmt herein. In der Hand hält er einen Tablet-PC. »Ich habe etwas gefunden!«

»Gott sei Dank!« Ich stelle mich sofort neben ihn, als er Samantha das Tablet auf den Schreibtisch legt.

»Ich konnte bisher nur einen kleinen Teil entschlüsseln, aber Nitro gehört definitiv zu einem geheimen Forschungsprojekt. Das Experiment nennt sich Project Beastmaker.«

»Beastmaker?« Ich keuche auf. »Du meinst, sie haben ihn absichtlich zu dem gemacht, was er ist?«

Mark nickt. »Sie haben mit menschlichen Eizellen und tierischer DNA herumexperimentiert. Bloß zwei Embryonen waren lebensfähig.«

Samantha beugt sich über den Computer. »Dann gibt es noch so einen wie ihn?«

»Das konnte ich bisher nicht herausfinden, die Daten sind entweder hervorragend verschlüsselt oder zerstört.«

Zwei Mal Nitro? Läuft in White City vielleicht noch ein Warrior mit denselben Fähigkeiten herum?

Nachdem sich Sam wieder in ihrem Stuhl zurückgelehnt hat, sagt sie: »Alle Warrior wurden mittels Wildkatzen-DNA modifiziert, damit sie besser sehen, hören und riechen können. Welches Erbgut steckt in Nitro?«

»Vermutlich dasselbe, aber der forschende Arzt wollte noch mehr herausholen. Sein Ziel war es, eine Bestie zu züchten. Wie mir scheint, wollte das Regime ihre Krieger weiterentwickeln, um sie außerhalb der Kuppel einzusetzen. Sie sollten in Rudeln über die Städte der Outsider herfallen, um sie alle zu zerfleischen. Was ich herauslesen konnte, haben sie Nitro ganz schön zugesetzt und ihn konditioniert, gezielt Rebellen und Outsider zu töten.«

Oh Gott … Mir wird schwarz vor Augen. Nitro ist ein Monster. Er wurde dazu gemacht. Daher kommt dieser Hass …

»Sie haben ihm also sein Verhalten gewaltsam eingebläut. Lernen durch Belohnung oder Bestrafung, der Klassiker«, murmelt Sam. »Welche Abteilung hat daran gearbeitet?«

Mark zuckt mit den Schultern. »Keine Ahnung. Leider weiß ich auch nicht, wer der Projektleiter war, sonst könnten wir uns bei ihm umsehen oder zumindest an die Medikamente kommen, die Nitro dringend braucht.« Er nimmt das Tablet wieder an sich und verabschiedet sich von uns. »Ich seh mal, ob ich noch was von den Daten reparieren kann, aber große Hoffnungen habe ich nicht.«

Bitte, finde noch etwas, bete ich, denn falls es Nitro nicht schafft, sein Biest zu kontrollieren, wird er für immer weggesperrt. So ein Leben wünsche ich ihm nicht. Niemandem.

Kapitel 3 – Geiselnahme

Nitro: Das Zeug, mit dem sie mich ruhigstellen, ist harter Stoff, aber mir nicht unbekannt. Ich schlafe viel, und das bringt verdrängte Erinnerungen zurück. Ich habe lange nicht mehr geträumt, doch seit ich keine Pillen mehr habe, verfolgt mich Fox. Mittlerweile sehe ich ihn sogar schon tagsüber. Entweder werde ich wahnsinnig, oder er ist tatsächlich als Geist in Kindergestalt zurückgekommen, um mich moralisch zu unterstützen.

»Cal …«, flüstert er mir zu, »… du bist ein Monster, und du bist gut in deinem Job. Der Beste. Zeig's ihnen, zeige es ihnen allen.« Dann lächelt er ein falsches Lächeln, das nicht seine Augen erreicht.

Den Namen Nitro habe ich mir erst gegeben, als ich mit acht Jahren ins Warrior Programm aufgenommen wurde, da ich mich immer wie Sprengstoff kurz vor der Explosion fühle. Mein bürgerlicher Name lautet Callan Forbes.

Mein Bruder – im Geiste sowie im Blut – hat mich immer Cal gerufen und ich nannte ihn Fox, wegen seiner rötlichen Haare. An seinen richtigen Namen erinnere ich mich nicht mehr. Ich weiß nur noch, dass ich die Wahl hatte: zu sterben oder Fox umzubringen … Es war mein erster richtiger Test und der brutalste dazu. Seitdem habe ich versucht, sämtliche Gefühle auszuschalten.

Es ist spät in der Nacht, als ich mich aus dem Bett rolle. Ich kann einfach nicht schlafen, denn Mark hatte keine Neuigkeiten mehr für mich. Morgen wird Nitro nach White City geflogen, und diesen Gedanken kann ich nicht ertragen. Außerdem stört mich die laute Musik, die von der Halle bis in meine Wohnung schallt. Der Fall des Regimes war vor einer Woche, doch heute jährt sich das einundachtzigste Jahr nach der Bombe und es wird doppelt gefeiert; die Menschen sind immer noch außer sich, weil ihre Vorfahren den größten Krieg aller Zeiten überlebt und den Kampf gegen White City endlich gewonnen haben. Nun wird hoffentlich alles besser, sie freuen sich auf abwechslungsreiche Nahrung, sauberes Wasser und beste medizinische Versorgung. Für die meisten bricht ein neues Zeitalter an.

Ich muss Nitro noch einmal sehen und schlüpfe in meine Sneaker und einen Morgenmantel. Darunter trage ich nur ein knappes Shirt und eine Unterhose. Mir egal, er bekommt mich ohnehin nicht zu Gesicht. Er wird nicht aufwachen, bevor er in White City sicher verwahrt ist.

Meine Wohnung befindet sich im selben Gebäude wie die Krankenstation, ich muss bloß eine Etage tiefer gehen. Ich schäme mich nicht, wenn ich jemandem in diesem Outfit begegne, denn wir sind ohnehin wie eine große Familie.

Kurz öffne ich die Tür zum Nachbarzimmer, das ein wenig geräumiger ist als meines. Mom und Noel liegen nebeneinander in einem Doppelbett. Er schläft weiterhin bei seiner Granny, denn sie gab ihm während der langen Zeit meiner Abwesenheit Liebe und Geborgenheit. Ich bin froh, dass ich eine Mutter habe, die sich um mein Kind kümmert, dafür versuche ich uns ein möglichst angenehmes Leben zu bereiten. Ich habe meinen Jungen wieder, nur darauf sollte ich mich konzentrieren und Nitro endlich vergessen. Doch außer mir hat er niemanden. Wie wird es ihm in White City ergehen? Werden sie ihn einschläfern wie ein tollwütiges Tier?

Mühsam halte ich die Tränen zurück, während ich unsere Wohnung verlasse und durch die Flure husche, vorbei an beschwipsten Jugendlichen und gackernden Frauen. In Resur ist es niemand gewohnt, ausgelassene Partys zu feiern, aber ich gönne ihnen den Spaß. Ihr Leben war bisher ein einziger Kampf.

Auf der Krankenstation habe ich mehr Ruhe erwartet, stattdessen geht es zu wie in der Ankunftshalle. Zahlreiche Resurer mit kleinen Verletzungen wollen verarztet werden, und ein paar Schnapsleichen liegen auch in den Gängen. Oh weh, die Party hat einige Opfer gefordert. Zum Glück befindet sich Nitros Zimmer gleich am Eingang. Davor sitzt Rock auf einem Stuhl und flirtet mit einer jungen braunhaarigen Frau. Sie hockt auf seinem Schoß und streichelt seine nackten, muskelbepackten Oberarme. Als er mich sieht, kratzt er sich grinsend an seinem glattrasierten Schädel.

Ich nicke ihm zu und gönne auch ihm den Spaß, schließlich hatte er auf den Plantagen nichts zu lachen und kaum ein besseres Leben als die Sklaven dort.

»Ich will mich nur von Nitro verabschieden«, sage ich, und er winkt mich durch.

»Aber mach keinen Blödsinn da drin, Jax bringt mich um, wenn dir was passiert.«

»Du kannst mich gerne begleiten und mit mir eine Runde heulen.« Ich beiße mir auf die Lippe, denn das wollte ich nicht sagen. Es ist mir herausgerutscht. Mir ist wirklich nach Weinen zumute.

Sein Blick wird ernst. »Es tut mir echt leid, dass ihm niemand helfen kann.«

Schulterzuckend schleiche ich ins Zimmer und atme erst auf, als ich die Tür hinter mir zudrücke und die Geräusche halbwegs aussperre. Erneut befinde ich mich in einem Raum ohne Fenster, damit Nitro bloß nicht fliehen kann. Er liegt immer noch genauso reglos im Bett wie heute Nachmittag, zugedeckt bis zum Hals. Ein Infusionsschlauch führt in seinen Arm, ansonsten hängt er an keinen Geräten. Hier gibt es kaum noch funktionierende Ausrüstung, und die wird für die wirklich schlimmen Notfälle gebraucht.

Ich ziehe einen Stuhl heran und setze mich neben ihn. Eine winzige Lampe erhellt sein Bett; das kleine Licht reicht, um sein Gesicht zu betrachten. Er sieht aus, als würde er friedlich schlafen, wären da nicht die Gurte, die seine Arme und Beine fixieren.

Ich habe ihn heute rasiert und gewaschen und ihm die Kette mit der türkisfarbenen Perle um den Hals gelegt. Nitro hatte sie in der Hosentasche. Er soll wissen, dass ich mich um ihn gekümmert habe und an ihn denke. Offenbar denkt er auch an mich, sonst hätte er die Kette sicher weggeworfen.

»Nitro«, wispere ich. »Kannst du mich hören?«

Natürlich kann er das nicht, er schläft tief und fest.

Seine Cargohose hängt über der Stuhllehne und seine Stiefel stehen neben dem Bett, als würde er jeden Moment aufwachen und sich anziehen. Aber das wird er nicht. Ich habe das zerschlissene Hemd gesehen, das er mit seinen Krallen zerfetzt hat. Niemand geht das Risiko ein, auch von ihnen erfasst zu werden, daher hat Samantha die Dosierung des Betäubungsmittels so hoch wie möglich eingestellt.

Vorsichtig schlage ich die Bettdecke auf, bis sein Oberkörper freiliegt, und hebe eines der fünf blutdurchtränkten Pflaster an. Die Schnitte darunter haben sich bereits geschlossen und eine Kruste hat sich gebildet. Die Wunde blutet oder nässt nicht mehr, daher ist das Pflaster überflüssig. Ich finde es genial, wie schnell bei den Kriegern Verletzungen heilen.

Die anderen Wundauflagen ziehe ich ebenfalls ab und werfe sie in einen Mülleimer neben der Tür. Dann hocke ich mich wieder zu Nitro und nehme seine Hand. Auch sie schaut normal aus, keine Krallen sind zu erkennen. Seine Finger fühlen sich kühl an, doch ich bewundere ihr Aussehen. Sie sind lang und schlank. Ich kann kaum glauben, dass er mich damit töten wollte. Manchmal fühle ich immer noch die Finger an meinem Hals.

»Ich weiß nicht«, beginne ich leise, »ob ich dich in White City besuchen komme. Ich will nicht mehr dorthin zurück, außerdem habe ich keine Ahnung, ob sie mich überhaupt zu dir lassen werden.« Seufzend streiche ich über seinen Handrücken, auf dem blonde Härchen wachsen. »Ja, du willst meine Berührungen nicht, aber ich muss dich anfassen. Sonst kann ich mich nicht richtig von dir verabschieden.« Ich wische mir eine Träne aus dem Augenwinkel und starre zur Tür. Dahinter ist es laut, jemand brüllt herum.

Plötzlich steckt Rock den Kopf herein. »Wie sieht es aus?«

»Alles wie immer«, antworte ich müde lächelnd.

Er lächelt zurück, und weiße Zähne strahlen mir aus dem gebräunten Gesicht entgegen. »Meinst du, ich kann schnell Dr. Nixon helfen? Einer meiner Brüder hat zu tief ins Glas geschaut und ist im Vollrausch durch eine Scheibe gesprungen, der Doc braucht jemanden, der ihn auf den OP hievt.«

Ich schmunzle. »Klar, wir kommen ohne dich zurecht.«

»Nimm die Betäubungspistole. Falls er aufwacht, verpasst du ihm 'ne Ladung.« Er überreicht mir eine seiner Waffen, die an seinem Holster hängt. »Bin in ein paar Minuten wieder da.« Die Tür geht zu und ich bin erneut mit Nitro und meinen Gedanken allein.

Die Waffe wiegt schwer in meiner Hand, daher stecke ich sie in den Morgenmantel. Ich kann mit Pistolen umgehen, Julius hat mich Schießen gelehrt. Es beruhigt mich, dass keine scharfe Munition darin ist und ich Nitro damit nicht wirklich schaden könnte. Wochenlang habe ich ihn nur von seiner Zellentür aus betrachtet, daher ist es ungewohnt, ihm plötzlich so nah zu sein.

Als Biest ist er direkt, fordernd und selbstbewusst, wenn er normal aussieht, wirkt er eher zurückhaltend, ruhig und beinahe schüchtern. Ich habe alle Facetten an ihm gesehen, und am meisten hat mich dieser tieftraurige Blick berührt, den er nur aufgelegt hatte, wenn er dachte, ich beobachte ihn nicht.

Ständig habe ich mich gefragt, warum ich ihn besuche und mich für ihn einsetze. Ich glaube, ich habe Schuldgefühle, obwohl es eigentlich keinen Grund dazu gibt. Eine Rebellin hat ihm die Unschuld geraubt, daran knabbert er immer noch … Ich will ihm zeigen, dass seine Welt falsch ist. Oder ich wollte es zumindest, es hat ja nicht funktioniert.

Was würde passieren, wenn ich ihm den Infusionsschlauch herausziehe? Wie lange würde er brauchen, um aufzuwachen? Ich würde zu gerne mit ihm reden. Vielleicht kann ich ihn doch noch umstimmen.

Seufzend betrachte ich den Ständer mit dem Plastikbeutel und vermisse das vertraute Tröpfeln. Hat Sam die Infusion abgestellt? Die Flüssigkeit scheint nicht mehr durch den Schlauch zu laufen, aber die Kanüle befindet sich in Nitros Arm. Ich sehe genauer hin und hebe das Pflaster an. Verdammt, die Kanüle steckt nicht mehr in seiner Vene! Ist sie herausgerutscht? Oder hat jemand daran herumgespielt?

Plötzlich überschlagen sich meine Gedanken. Hat Nitro hier einen Verbündeten? Rock vielleicht? Oder hat er es irgendwie geschafft, selbst den Schlauch zu lockern? Hätte er ihn mit den Zähnen packen können? Doch wie, er ist mit Beruhigungsmitteln vollgepumpt!

Was soll ich jetzt tun? Einen Arzt rufen? Ihm das Ding wieder reinschieben?

»Sonja …« Als ich plötzlich seine Stimme höre, leise und bedrohlich, springe ich auf und ziehe die Waffe.

»Wenn du nach dem Warrior rufst, bist du bist tot.« Er starrt mich an und scheint hellwach zu sein.

»Nitro!« Keuchend mache ich einen Schritt rückwärts.

Seine Augen verengen sich. »Mach mich los.« Meine Pistole beeindruckt ihn wenig.

Ich schüttelte den Kopf. »Das darf ich nicht.« Oh Gott, er ist wach! Und seine Augen beginnen sich bernsteingelb zu verfärben.

Er hebt den Kopf, und die Sehnen an seinem Hals spannen sich an, dann ballt er die Hände zu Fäusten.

Ich weiche weiter zurück und halte den Lauf auf ihn gerichtet.

»Bleib hier!« Sein ganzer Körper steht unter Spannung, seine Oberarme nehmen an Volumen zu, und auf einmal reißen die Gurte an seinen Handgelenken.

Oh nein, er ist so unglaublich stark!

Schnell öffnet er die Schlaufen an den Füßen – und ist frei.

Drück ab, Sonja, drück ab!

Geschmeidig gleitet er aus dem Bett, mit nichts am Leib außer einem schwarzen Slip. Sein Körper scheint kein Gramm überflüssiges Fett zu besitzen, seine Haut spannt sich über Muskeln und Sehnen. Wie eine antike Gottheit, die ich aus meinen Büchern kenne, ragt er vor mir auf.

Ich will keine Furcht zeigen, obwohl mein Herz wild pocht, und frage mutig: »Wer hat dir geholfen?«

»Niemand.« Seine Stimme klingt rau, als hätte er sie lange nicht benutzt. »Denkst du, eure lächerliche Medizin knockt mich aus? Jahrelang hat man mich an alle möglichen Betäubungsmittel gewöhnt, sie wirken bei mir nicht so stark wie bei anderen.«

Also hat er uns nur etwas vorgespielt? »Und der Schlauch?«

»Den habe ich mir selbst gezogen.« Er hebt die Mundwinkel, woraufhin seine Fänge aufblitzen. »Ein flüchtiger wacher Moment hat gereicht, eine kleine Drehung meines Arms, ein Ruck.« Flüchtig betrachtet er seine Brust mit den verheilenden Schnitten. »Ich habe darauf gehofft, dass man mich hierher bringt, wenn ich mich verletze. Ihr Menschen steckt ja so voller Mitgefühl und Pflichtbewusstsein.« Er schnaubt spöttisch. »Das wird euch noch zum Verhängnis.«

Blitzschnell kommt er auf mich zu und reißt mir die Waffe aus der Hand. »Genau wie dir.«

Er drängt mich durch den Raum auf die Tür zu, wobei er kurz an seine Halskette greift. Sein Gesicht verdüstert sich, aber er reißt den Schmuck nicht ab.

»Wenn du mir etwas tust, werde ich schreien«, sage ich mit zitternder Stimme. Dabei schiele ich zur Pistole, die er in der Hand hält, jedoch nicht auf mich richtet.

»Versuch es, und du bist tot«, knurrt er.

Meint er das ernst? Ich sehe das tödliche Funkeln in seinen Augen.

»Außerdem würde dich keiner hören. Dieser Rock ist noch nicht wieder da, und die anderen machen zu viel Lärm.«

Das Herz schlägt mir bis zum Hals und meine Knie zittern. »Worauf wartest du? Wieso fliehst du nicht?« Warum hat er überhaupt so lange gebraucht, um mich zu attackieren? Hat er nichts unternommen, weil Rock vor der Tür saß, oder wollte er meinen Worten lauschen?

»Ich muss warten, bis der Glatzkopf zurück ist.«

Sicherlich will er ihn überwältigen, denn Rock würde sofort Alarm schlagen, wenn er zurückkommt und das Zimmer ist leer. Dann hätte Nitro einen zu geringen Vorsprung – und keine Waffen. »Und wo willst du hin?«

»Denkst du, ich weihe dich in meine Pläne ein?«, grollt er, reißt mich an seinen heißen Körper und wirft mich aufs Bett. »Vielleicht vergnüge ich mich noch ein bisschen mit dir.«

Mein Morgenmantel hat sich geöffnet und meine nackten Beine liegen frei, aber ich bin zu gelähmt, um mich zu bedecken.

Nitro wirft einen intensiven Blick auf meine Oberschenkel, und ich bilde mir ein, dass seine Iriden glühen. Danach kriecht er über mich.

»Du willst mich immer noch manipulieren, was?«, knurrt er dicht an meinem Ohr und schnüffelt. Er liegt halb auf mir und erdrückt mich fast mit seinem Gewicht, während er die Hand mit der Waffe zwischen meine Beine wandern lässt.

»Bitte hör auf damit.« Jetzt bereue ich den Wunsch von vorhin, unbedingt noch einmal mit ihm reden zu wollen.

Erneut schnuppert er an mir. »Du hattest auch Angst in der Bar. Die Rebellin in dir hat sich gefürchtet, nicht, weil es dein erstes Mal war.«

Ich leugne es nicht, sondern starre in sein Gesicht, das kaum noch menschliche Züge besitzt. Die Bestie ist zurückgekehrt. Mit den klauenbespickten Fingern schabt er über meine Wange, ohne mich zu verletzen, während die Hand mit der Waffe auf meinem Bauch ruht.

»Ich hätte damals tun sollen, was Mick mir geraten hat.« Keuchend leckt er über meinen Hals. »Ich hätte dich einfach ficken sollen, hart und ohne dich vorzubereiten. Du hast nur Schmerzen verdient, keine Lust.«

Tränen laufen über mein Gesicht. »Wieso trägst du solch einen abgrundtiefen Hass in dir?« Ich möchte ihm über die Wange streichen, aber er packt meine Hände und drückt sie über meinem Kopf zusammen.

»Hass ist mein Motor. Ohne ihn wäre ich nicht weit gekommen.«

Und vermutlich hätte er in der Zelle nicht so lange durchgehalten.

Ich wende den Kopf ab und schluchze auf. Ich weine, weil meine Mühen umsonst waren und weil ich ihn tatsächlich verloren habe. Er ist ein Monster. Wie habe ich jemals glauben können, dass in ihm ein sensibler Mann steckt?

Nitro betrachtet mich interessiert, als ob ich ein Versuchskaninchen sei und er ein Forscher, doch plötzlich lässt er meine Arme los. Als ich ihm ins Gesicht schaue, sieht es normal aus. Traurig blickt er mich an und streicht mit dem Daumen die Feuchtigkeit von meinen Wangen. »Ich habe dich nie vergessen können«, sagt er leise. »Ich bin noch ein paar Mal ins Dschinn gekommen, nur um dich zu sehen.« Hart stößt er die Luft aus. »Aber jetzt will ich Vergeltung für die Schmach, die du mir bereitet hast.«

Die Farbe seiner Iriden flackert und er drückt mir den Lauf an die Schläfe. »Vielleicht sollte ich dich betäuben, meinen Spaß mit dir haben und dich erst danach töten.«

»Bitte, Nitro, das bist nicht du! Lass das Biest nicht die Oberhand gewinnen.« Durch den Tränenschleier erkenne ich ihn kaum. Oh Gott, wie sehr ich mir wünsche, mein Bett nie verlassen zu haben.

»Deine Gefühle waren gespielt«, zischt er. »Du musst mich gehasst haben.«

»Nein, das habe ich nicht! Sonst hätte ich dir keinen Kuchen gebacken oder dir etwas zum Lesen und frische Kleidung gebracht.«

Das Gelb verschwindet wieder aus seinen Augen und er schüttelt den Kopf. »Du hast mich rasiert und gewaschen, hast mich fast jeden Tag im Gefängnis besucht …« Seine Wangenmuskeln zucken und er kneift die Lider zusammen. »Warum?«

»Weil du niemanden hast außer mich«, antworte ich sanft, und diesmal lässt er es zu, dass ich sein Gesicht berühre. »Nitro, in dir stecken zwei verschiedene Wesen. Lass nicht zu, dass die düstere Seite dich dominiert.«

Er nimmt den Lauf von mir, und ich atme auf.

»Haben die Tabletten das Biest zurückgehalten?«

»Haben sie«, murmelt er und schließt keuchend die Augen. Dabei schmiegt er sein Gesicht leicht in meine Hand. Meine Streicheleinheiten scheinen das Monster zurückzudrängen.

Er seufzt leise. »Du hasst das Biest, aber das bin auch ich.«

»Ich mag nicht, wie es denkt.«

»Ich mag das Tier in mir. Es macht, dass ich vor nichts Angst habe. Ich weiß, ich kann alles schaffen, wenn ich mich verwandle, und niemand kann sich mit mir messen.«

»Vor einer Kugel bist auch du nicht sicher. Sie werden dich erschießen, wenn du fliehst oder hier jemandem etwas antust.«

Dazu sagt er nichts, stattdessen sieht er mich wieder mit dieser Traurigkeit im Blick an, die tief an meinem Herzen rührt.

»Unglaublich, wie sehr man einen Menschen manipulieren kann.« Ich möchte gar nicht wissen, was sie ihm angetan haben. »Sie müssen dich schlimm gequält haben.«

Er weicht vor mir zurück. »Wovon sprichst du?«

»Project Beastmaker …«, sage ich vorsichtig.

Erschrocken reißt er die Augen auf. »Du weißt davon?«

»Nitro, das Regime ist gestürzt. Wir haben Zugriff auf die Zentralcomputer und Aufzeichnungen über dich gefunden.«

»Gestürzt …« Zum ersten Mal macht er den Eindruck, als würde er mir glauben. »Was weißt du alles?«

»Nicht viel, die Daten waren weitgehend zerstört, nur dass es zwei von euch gibt.«

Er springt vom Bett und steigt in seine Hose, wobei er die Waffe nicht aus der Hand nimmt. »Ich muss zurück nach White City, um mich selbst davon zu überzeugen. Und du kommst mit!«

»Was?«

»Als meine Geisel.« Er schwenkt den Lauf kurz in meine Richtung.

»Ich werde nicht deine Geisel sein!«

Er drückt mich zurück aufs Bett und keucht in mein Gesicht. Seine Augen flackern. »Ich … brauche dich.«

»Warum?«

Sein glühender Blick durchbohrt mich, und er starrt auf meinen Mund.

Was ist das nur zwischen uns? Ich kann spüren, dass er sich zu mir hingezogen fühlt, während das Biest mich hasst.

Sonja, ER ist das Biest! Lauf weg, so schnell du kannst.

Auf einmal zuckt er zurück. »Da kommt jemand, und es ist nicht Rock.« Er drückt mich vom Bett und legt sich hinein. »Verhalte dich normal, wenn du am Leben bleiben willst!« Jemand dreht am Türknauf und rüttelt daran, Nitro schlüpft unter die Zudecke.

Gerade, als ich mich in den Stuhl am Kopfende gesetzt habe, geht die Tür auf und mein Sohn betritt den Raum.

Oh Gott, bitte nicht! »Noel! Was machst du hier?«

Er trägt seinen Pyjama, und seine dunklen Haare sind zerzaust. Er sieht ziemlich verschlafen aus. »Ich hatte Durst und hab bemerkt, dass du weg warst. Ich hab mir schon gedacht, dass du bei ihm bist.«

»Geh wieder ins Bett, Schatz.« Meine Stimme klingt viel zu hoch vor Angst, und ich traue mich nicht, mich vom Stuhl wegzubewegen. Nitro hält die Waffe in der Hand, sie zuckt unter der Bettdecke. Es ist nur eine Betäubungspistole, aber ich weiß nicht, ob meinem Kind nicht das Herz stehen bleiben könnte, wenn er sie bei ihm einsetzt. Ich hab solche Angst um ihn!

Leider schließt Noel die Tür und kommt zu mir. »Ich will das Biest auch mal sehen.«

»Noel«, zische ich, und werfe einen Blick auf Nitro. Er hat die Augen geschlossen. »Er hat einen Namen.«

»Aber ich hab gehört, wie Sam mal was von einem Biest erzählt hat.«

Er hat uns belauscht!

Noel stellt sich neben mich und betrachtet eingehend Nitros Gesicht. »Er sieht ja ganz normal aus.« Dann zieht er die Decke ein Stück weg. Sofort reiße ich mein Kind zurück. »Fass ihn nicht an«, wispere ich, weil ich kaum Kraft zum Sprechen finde.

Nitros Hand liegt frei, doch die Waffe ist verschwunden. Vermutlich hält er sie nun auf der anderen Seite.

»Fox?«, sagt er ruhig, woraufhin Noel fast auf meinen Schoß springt.

»Wow, du bist wach.«

Zum Glück tanzen nur noch ein paar gelbe Flecken in seinen Iriden.

»Ich heiße Noel«, plappert mein Sohn sofort los. »Wer ist Fox?«

Nitro setzt sich auf. Die Decke rutscht über seine Brust, und die Narben und neuen Verletzungen werden sichtbar. »Jemand, den ich vor langer Zeit kannte. Du erinnerst mich an ihn.«

»Noel, er muss sich noch ausruhen, also geh zurück zu Granny«, beeile ich mich zu sagen und halte ihn auf meinem Schoß im Arm. Ich will ihn vom Bett wegziehen, doch er stemmt sich mit den Füßen am Boden auf. Widerspenstiger Kerl!

»Lass ihn«, befiehlt Nitro ruhig. Etwas Lauerndes liegt in seinem Blick.

Was hat er vor? Dunkle Schleier wabern vor meinen Augen und ich bekomme kaum Luft. Außerdem ist mir unsagbar übel.

Als sich Noel vorbeugt, um an seinen Fingern zu zupfen, springe ich fast an die Decke. »Wo sind deine Klauen?«

Ich will ihm den Arm wegreißen, bin aber wie gelähmt.

Nitro starrt meinen Sohn mit einer Mischung aus Neugier und Verblüffung an. »Die habe ich eingefahren.«

»Darf ich sie sehen?«

Vor den Augen meines Kindes gleiten die Krallen unter den Nägeln hervor. Selbst im matten Schein der kleinen Lampe wirken sie bedrohlich scharf.

»Krass«, sagt mein Kleiner ehrfürchtig, während ich beinahe umkomme. Mein Puls ist ein einziges Hämmern in meinem ganzen Körper, und ich halte Noel so fest umklammert, dass er sich beschwert. »Du zerdrückst mich.«

»Hast du keine Angst vor mir?«, fragt Nitro.

»Mom hat gesagt, du bist nicht wirklich böse.«

Ein Muskel in seiner Wange zuckt. »Dann bete, dass deine Mutter recht hat.«

Endlich schaffe ich es aufzustehen und bugsiere Noel zur Tür. »Jetzt geh ins Bett, Süßer. Es ist schon spät.«

Er umarmt mich und legt seinen Kopf an meinen Bauch. »Sehen wir uns morgen?«

»Das weiß ich nicht«, antworte ich und versuche, nicht in Tränen auszubrechen. Ich war eine Rebellin, habe im Untergrund gekämpft, verdammt! Doch ich bin weich geworden, seit ich zurück bin, da ich gehofft habe, nie wieder in solch eine Extremsituation zu geraten. Aber die alten Überlebensmechanismen sind nur eingerostet. Mein Blick ist ununterbrochen auf der Suche nach einer Waffe, die ich gegen Nitro einsetzen kann.

Ich drücke Noel einen Kuss auf den Scheitel. Die Tür ist nah … Ob ich mit meinem Kind weglaufen soll? »Ich hab noch was zu erledigen, ich weiß nicht, wann ich zurückkomme. Sag Granny, sie soll sich keine Sorgen machen.« Ich habe entsetzliche Angst, dass Nitro meinem Sohn etwas antut oder ihn auch als Geisel nehmen möchte.

Nachdem Noel sich von mir gelöst hat, winkt er Nitro zu, sagt »Gute Nacht« und verlässt den Raum.

»Denk nicht mal dran«, knurrt Nitro direkt hinter mir, als ich den Türknauf festhalte.

Tief atme ich ein. Mein Kind ist draußen.

Langsam schließe ich die Tür, lasse die Hand sinken und drehe mich zu ihm um. »Danke, dass du ihn hast gehen lassen«, wispere ich mit Tränen in den Augen und schwanke, denn sämtliche Kraft weicht plötzlich aus meinen Beinen. Ich kann nichts dagegen unternehmen.

Er fängt mich auf und presst mich an seinen warmen Körper. »Ich habe einmal ein Kind getötet, und es war das Schwerste, das ich jemals tun musste.«

»Was?« Mein Herz wummert immer noch hart gegen die Rippen, doch langsam kehrt die Kraft zurück. »Du hast ein Kind … umgebracht?«

Er geht nicht darauf ein, sondern sagt: »Ich verspreche dir, Noel nie etwas anzutun.«

»Was zählt dein Versprechen?« Oh Gott, warum bin ich bloß zurückgekommen? Hat er tatsächlich ein Kind getötet?

Ich möchte mich von ihm losmachen, aber er hält mich weiterhin fest. Seine Hände liegen an meinem Rücken. Da erblicke ich die Pistole in seinem Hosenbund. Ich könnte sie herausziehen, nur weiß ich, dass Nitro schneller sein wird.

»Wie alt warst du, als du ihn geboren hast?«, fragt er dicht an meinem Ohr.

Die Hitze seiner Haut dringt durch meinen Morgenrock, und sein Geruch macht mich schwindelig. Wie sehr ich mir wünsche, er wäre so wie damals in der Dschinn Bar. Diese Begegnung scheint Jahre her zu sein.

»Dreizehn«, hauche ich.

»Du warst ein Kind!« Er drückt mich an den Schultern zurück und schaut mich erschrocken und ein wenig böse an.

»Wir haben hier keine Verhütungsmittel, so etwas kommt öfter vor.« Die Warrior müssen sich um umgeplante Schwangerschaften keine Sorgen machen. Jeder angehende Krieger bekommt schon als Junge eine Vasektomie.

Er kneift die Augen zusammen. »Und wie alt war …«

»… sein Vater? Der war achtzehn.«

»Wenn er nicht tot wäre, würde ich ihn umbringen«, sagt er kühl.

»Ich habe Elijas geliebt, Nitro. Es ist nicht so, dass ich es nicht wollte.« Seine Reaktion gibt mir Hoffnung, dass er offenbar etwas für mich empfindet. Vielleicht ist er doch nicht ganz verloren.

»Du warst wohl schon als Kind eine Hure?«, knurrt er.

Da ist es wieder, dieses ekelhafte Biest.

Hass ist mein Motor, hat Nitro gesagt. Ich darf ihn nicht hassen, denn ich will nicht so werden wie er. Daher streiche ich über seinen Arm. »Ich war keine Hure. Ich hab dir schon mal gesagt, dass ich seit dem Tod meines Mannes mit niemand anderem außer mit dir im Bett war.«

Langsam beruhigt er sich. »Liebst du ihn noch?«

»Elijas wird immer einen Platz in meinem Herzen haben, aber ich muss nach vorne blicken. Wenn wir in der Vergangenheit festhängen, hält uns das nur auf.«

Er zieht mich erneut an sich, und ich muss den Kopf in den Nacken legen, um ihn anzusehen. Er studiert mein Gesicht, und dabei entspannt sich seine harte Mimik. Seine Lippen öffnen sich, woraufhin er keuchend den Atem ausstößt. »Es hat mir gefallen, dich zu küssen. Hast du mich verhext? Warum hab ich nach unserem Sex nur noch an dich denken können? Hast du eine Droge benutzt, um meinen Verstand zu verwirren?«

In diesem Augenblick ist er nicht der harte Krieger, sondern ein unsicherer junger Mann, der keine Erklärung für seine Gefühle hat, für Gefühle, die er offenbar nie kennenlernen durfte.

»Diese Droge hat dein Körper selbst produziert, Nitro.« Ich muss sein Gesicht berühren und es streicheln. Ich weiß einfach, dass ihm das guttut. »Du fühlst dich zu mir hingezogen, weil ich die Erste für dich war. Das ist für jeden Menschen ein besonderes Ereignis.«

»Ich bin kein Mensch«, sagt er grollend und reißt die Augen auf. Sein Kopf zuckt Richtung Tür.

»Was ist?«, wispere ich.

»Zur Seite«, zischt er, zieht die Waffe, und als Rock den Kopf zur Tür hereinstreckt, hält er ihm den Lauf an die Schläfe und drückt ab.

Ein leises Zischen ertönt, gefolgt von einem Blitz – ein Knall bleibt aus.

Rock bekommt die volle Ladung der Betäubung ab und geht sofort in die Knie. Er versucht noch, seine Pistole aus dem Holster am Gürtel zu ziehen, aber Nitro hat sie ihm schon entrissen. Rock geht zu Boden, wobei ich versuche, seinen Kopf zu halten, damit er sich nicht verletzt. Stöhnend dreht er sich auf den Rücken, seine Lider flattern.

»Es tut mir so leid«, sage ich, doch Nitro verbietet mir, mit ihm zu sprechen.

Er zieht ihn in den Raum und schließt die Tür. Dann nimmt er ihm das Holster ab und zerrt ihm auch das ärmellose Shirt vom Körper. Anschließend durchsucht er die Taschen und findet ein paar Casino-Chips. »Was ist das?«

»Unser Zahlungsmittel.«

Kopfschüttelnd steckt er es ein.

Als er sich das Shirt überzieht und das Holster anlegt, drehe ich ihm den Rücken zu. Rock starrt mich an, er ist noch bei Bewusstsein, und ich forme mit den Lippen die Wörter »White City«, bevor ihm die Augen zufallen.

***

»Ich habe keine Hose an, so kann ich unmöglich mit dir fliehen«, zische ich, als er mich an seiner Hand durch die düsteren Flure zieht. Mein Morgenmantel weht um meine entblößten Beine, und Nitro wirft mir nur ein Grinsen zu.

Für einen Wimpernschlag blitzt der junge Mann durch. Wie würde er sein, wenn das Regime ihn nicht zu einer mordenden Bestie gedrillt hätte?

Die Party in der Ankunftshalle ist noch in vollem Gang. Die Musik der Liveband dröhnt bis zu uns herauf, denn die Pyramide ist im Inneren über viele Stockwerke nach oben offen, sodass man über das Geländer der Flure nach unten sehen kann. Sogar die Buden des Basars haben geöffnet. Die Händler verkaufen Getränke, Speisen und was sie sonst noch im Angebot haben.

Immer, wenn uns jemand über den Weg läuft, drängt Nitro mich gegen die Wand und vergräbt sein Gesicht an meinem Hals, als ob er mich küssen würde. Seine Hände liegen an meinen Seiten, und manchmal streift er meine Brüste. Er bringt mich durcheinander, mehr als das. Seine zwei Seiten verwirren mich.

Kurz bevor wir das Erdgeschoss erreichen, kommen fünf bewaffnete Männer der Stadtwache auf uns zu. Sie dürfen – neben einigen Warrior – als einzige Personen in Resur Waffen tragen. Als mich Nitro erneut gegen die Wand drückt, verfärben sich seine Iriden gelb. »Muss sie töten. Muss sie alle töten«, knurrt er.

»Scht … scht …« Beruhigend streichle ich sein Gesicht. »Alles ist gut, wir sind nicht deine Feinde.« Ich habe Angst, dass er ein Massaker veranstaltet, und versuche, ihn zu beschwichtigen. Als er den Kopf abwenden will, um die Wachen anzusehen, greife ich in sein Haar und küsse ihn.

Sofort lehnt er sich schwer gegen mich. Er keucht in meinen Mund und krallt die Finger ebenfalls in mein Haar. Dadurch können die anderen seine Klauen nicht erkennen. Er pikst mich, aber er verletzt mich nicht.

»Du tust es schon wieder, du verhext mich«, raunt er, bevor er seine Zunge in mich schiebt.

Als wir uns berühren, schießt ein Impuls zwischen meine Beine.

»Du tust dasselbe doch bei mir«, flüstere ich atemlos, wobei ich über seine ausgeprägten Brustmuskeln fahre.

Seine Zungenküsse fühlen sich etwas unbeholfen an, aber dadurch kommt erneut sein wahres Alter zum Vorschein. Nitro ist jung und heißblütig und kaum älter als mein Mann damals.

Als plötzlich eine der Wachen grinsend auf seinen Rücken klopft und sagt: »Hey, nehmt uns nicht unsere ganzen hübschen Mädchen weg«, versteift er sich kurz, und ich sehe den Mann schon in einer riesigen Blutlache liegen.

Nitro grinst ebenso verschmitzt zurück und zuckt mit den Schultern. »Wer kann, der kann.«

Die Männer gehen weiter, und ich bemerke erleichtert, dass sein Gesicht normal ist. »Siehst du, du kannst das Biest auch ohne Tabletten regulieren.«

Er kneift die Lider zusammen, als würde er überlegen, danach zieht er mich weiter.

In der Ankunftshalle angekommen, platzen wir mitten in die Party, und ich habe das Gefühl, Sodom und Gomorrha vorzufinden. Niemals zuvor habe ich die Bewohner von Resur derart ausgelassen erlebt. Viele sind betrunken oder tanzen wie in Trance zur Musik der Band, Paare knutschen oder fummeln aneinander herum. Nitro hätte sich keinen besseren Tag zur Flucht aussuchen können, denn niemand nimmt wirklich Notiz von uns.

Unauffällig halte ich Ausschau nach einem bekannten Gesicht, suche Jax, Crome oder einen Wärter, der Nitro sofort identifizieren könnte, aber von ihnen ist natürlich niemand zu sehen. Sie sind alle bei ihren Familien. Und von den anderen Bewohnern hat keiner Nitro zu Gesicht bekommen. Er ist einfach nur einer der Warrior, die es nun vorziehen, in Resur zu leben.

»Nitro …« Ich reiße mich von ihm los. »Ich gehe nicht im Morgenmantel mit dir nach White City.«

Schnaubend bugsiert er mich zu einem Stand, an dem Kleidung verkauft wird, schaut kurz auf meine Beine, zieht dann einfach eine Jeans vom Ständer und drückt sie mir in die Hand.

Der Verkäufer macht große Augen und will bereits protestieren, weil Nitro ohne zu bezahlen weitermarschiert, da greife ich in seine Hosentasche und lege dem Mann ein paar Chips auf den Tisch. »Stimmt so«, rufe ich, weil Nitro mich bereits wieder mit sich gezogen hat.

»Wo geht's zur Monorail?«, will er wissen, als wir den Ausgang erreichen und uns der milde Wüstenwind um die Nase weht.

»Dort lang.« Ich deute nach links, wo in der Dunkelheit auf einer erhöhten Station ein Zug parkt. Ich bin stolz darauf, den Antriebswagen zum Laufen gebracht zu haben, daher ist die Monorail irgendwie mein Baby. Sie fährt auf einer Schiene mehrere Meter über dem Boden und wird uns fast bis zur Kuppel bringen.

Anstatt dorthin zu gehen, bleibt Nitro stehen und starrt in den Himmel. Die Nacht ist pechschwarz, nicht einmal der Mond ist zu erkennen, dafür blinken uns Milliarden Sterne entgegen.

Er scheint so abgelenkt zu sein, dass ich mich vielleicht davonschleichen könnte, aber ich muss in sein Gesicht blicken. Offenbar sieht er den Nachthimmel zum ersten Mal. Seine Mimik drückt Erstaunen aus, Bewunderung, Ehrfurcht.

»Da wird einem bewusst, wie unbedeutend man gegen den Rest des Universums erscheint, nicht wahr?« Ich drücke seine Hand, doch er schaut mich nicht an. »Warst du nie außerhalb der Kuppel?« Viele Warrior mussten in der Todeszone kämpfen, bevor überall vollautomatische Schussanlagen installiert wurden.

»Niemals im Dunkeln.« Tief atmet er die Nachtluft ein. Unter der Kuppel gibt es nur das ständig gleiche Klima. Ich kam mir vor wie unter einer Käseglocke.

»Wunderschön, oder?«, frage ich leise.

Er reißt den Blickkontakt ab und zerrt mich weiter, ohne ein Wort über die Outlands zu verlieren. Ich sehe ihm an, wie es in seinem Kopf rattert. Das Regime hat ihm vieles verwehrt und ihnen allen über Jahrzehnte vorgegaukelt, dass ein dauerhaftes Leben außerhalb der Kuppel wegen der Verstrahlung nicht möglich sei.

Kapitel 4 – Flucht nach White City

Nitro: Zum ersten Mal habe ich kein klares Ziel vor Augen. Ich bin unsicher und weiß nicht, was ich tun soll. Ich muss zu Vater, muss ihn um Rat fragen. Er wird mich für meine Schwäche verachten, aber das nehme ich in Kauf. Besser er hasst mich, als wenn ich einen Fehler begehe, den ich nicht rückgängig machen kann. Ich hätte Sonja oder alle anderen in Resur längst töten können, doch was ist, wenn sie recht haben? Was, wenn mich das Regime für etwas benutzt, das ich selbst nicht will?

Seit Sonja bei mir ist, ist Fox verschwunden und ich kann wieder klar denken. Oder ist mein Verstand erst recht verwirrt?

In der Monorail konnte ich endlich die Jeans anziehen. Sie passt mir sogar, Nitro hat ein gutes Augenmaß. Seine besonderen Augen sind es auch, die uns das letzte Stück vom Bahnhof bis zur Kuppel bringen. Während ich nur völlige Schwärze erkenne, führt er mich sicher durch die Nacht.

Erinnerungen werden wach, wie ich durch die stockdunkle Kanalisation geirrt bin, und ich klammere mich an seine Hand.

»Lass mich hier bloß nicht allein«, sage ich leise.

Da legt er einen Arm um mich. »Du hast mehr Angst vor der Dunkelheit als vor mir?«

»Glaub mir, es war die Hölle, monatelang in den Tunneln und Höhlen unter der Stadt zu leben. Dort unten haben einige einen Höhlenkoller bekommen.«

»Wie viele wart ihr?«

»Fünfzig.« Die ständige Dunkelheit hat uns allen zu schaffen gemacht. Depressionen und Verzweiflung waren an der Tagesordnung. »Ein paar sind durchgedreht und mussten Beruhigungspillen nehmen. Der Stress war enorm, und die ständige Angst, entdeckt zu werden, hat mich aufgefressen. Dazu der Schlafmangel und die schlechte Verpflegung …« Tief hole ich Luft, weil ich glaube, zu ersticken. »Ich wollte nie wieder nach White City zurück.«

Er schweigt einen Moment, bevor er sagt: »Ich bringe dich nach Hause, sobald ich alles erledigt habe.«

Er klingt völlig normal, kein bisschen nach Biest. Als wäre er wie ausgewechselt. Vielleicht kann ich jetzt zu ihm durchdringen. »Was musst du denn erledigen? Du musst doch längst erkannt haben, dass das Regime gestürzt ist.«

»Ich muss mit Vater sprechen.«

»Du hast einen … Vater?« Die Warrior werden künstlich gezeugt und wachsen bei Ammen auf.

»Er ist nicht mein biologischer Vater«, antwortet er knapp. Mehr erklärt er nicht und ich weiß, dass er mir auch nichts erzählen wird.

Als es plötzlich zu meiner Rechten raschelt, drücke ich mich an ihn. »Hier draußen gibt es Raubkatzen und Giftschlangen.«

»Ein Rudel Katzen befindet sich in unserer Nähe«, sagt er beinahe teilnahmslos.

»Ein ... Rudel?« Hektisch schaue ich mich um, aber natürlich erkenne ich gar nichts. »Was für Katzen?« Ich hoffe, er meint süße kleine Kuscheltiger.

»Keine Ahnung. Riesige Katzen.«

Oh Gott, Pumas oder Löwen! Meine Finger krallen sich in seinen Arm. »Sie fallen Menschen an, Nitro. In letzter Zeit sind mehrere Übergriffe gemeldet worden. Sie dringen immer tiefer in die Stadt vor, weil sie in der Wüste nichts zu fressen finden.«

»Im Moment steht der Wind günstig. Sie haben uns noch nicht bemerkt. Sollten sie uns zu nahe kommen, töte ich sie.«

»Du hast echt Nerven«, wispere ich und atme auf, als wir um eine riesige Ruine gehen und endlich die gigantische, blauschimmernde Kuppel vor uns auftaucht. Dahinter liegt eine völlig andere Welt.

Vor achtzig Jahren, als der letzte große Krieg der Nationen tobte und Cäsium-Bomben die Erde verstrahlten, haben die Überlebenden autarke Schutzstädte errichtet. Nur gesunde Menschen durften darin leben, alle anderen wurden in die Outlands verbannt. Doch wir haben dort draußen in Kellern und Höhlen überlebt. Nur hinken wir dem Fortschritt weit hinterher und leben immer noch wie die Menschen viele Jahrzehnte vor der Bombe, bauen pflanzliche Medizin an, arbeiten mit dampfbetriebenen Maschinen und kommunizieren über Kabel, nicht drahtlos.

Als wir näherkommen, erkenne ich sofort, dass die gigantische äußere Schutzmauer zum Teil eingerissen wurde. Sie soll ganz weichen, denn sie ist nicht mehr nötig.

Ich steige mit Nitro über die Trümmer. Im schwachen Schein der Kuppel wirkt sein Gesicht angespannt, doch das Biest sehe ich nicht.

Er betrachtet sich alles genau, sein Blick wirkt konzentriert und die Hand schwebt über dem Holster. »Wie kommen wir rein?«

»Die Notausgänge sind geöffnet, wir dürften einfach reinspazieren können.« Die Warrior fungieren nun als Polizisten und sorgen in der Stadt für Ordnung. Nie wieder wird einer von ihnen einen Outsider erschießen. Hoffe ich. Es gibt immer noch genug, die nicht auf unserer Seite stehen. Sie halten sich entweder bedeckt oder sitzen im Gefängnis.

Eine helle Lampe zeigt uns den Weg zu einem der Tore, die in die Stadt führen. Da die Kuppel auf einer etwa drei Meter hohen und genauso dicken Mauer errichtet wurde, befindet sich die Stahltür in einer massiven Wand. Zwei ehemalige Krieger stehen davor, um den Eingang zu bewachen, damit sich keine wilden Tiere oder andere unliebsame Eindringlinge in die Stadt verirren. Außerdem müssen sie protokollieren, wer ein und aus geht. Sie unterhalten sich angeregt und scheinen uns noch nicht bemerkt zu haben.

Nitro atmet tief durch, als müsste er sich beruhigen.

»Kennst du die beiden?«, möchte ich wissen.

Er schüttelt den Kopf. »Den einen vielleicht, vom Sehen. Wir waren nicht in derselben Einheit.«

»Wir können durchgehen«, flüstere ich und ziehe den Morgenmantel aus. Den brauche ich in White City nicht, dort ist es immer angenehm temperiert. »Es ist okay.«

»Nichts ist okay«, sagt er grollend. »Die beiden da vorne haben nur Frauen im Kopf. Genau wie die abtrünnigen Warrior. Was ist bloß aus ihnen geworden?«

Nicht schon wieder, denke ich, während ich den Stoff zusammenrolle und auf ein Mauerstück lege. Sein Biest scheint unter der Oberfläche zu stecken. Offenbar tritt es immer hervor, wenn er nervös, wütend oder aufgeregt ist.

Mir bleibt keine Wahl, ich muss verhindern, dass er austickt, um mit ihm gehen zu können, denn allein in der dunklen Wüste werde ich sicher nicht zurückbleiben. Außerdem will ich nicht, dass er mich oder einen der Männer zerfleischt. Ich kann ihn immer noch so schlecht einschätzen. Daher streiche ich über sein Gesicht, wie ich es schon öfter getan habe. »Lass uns reingehen. Ich will so schnell ich kann wieder zurück bei Noel sein.«

Er drückt meine Hand an die Wange. »Du bist eine seltsame Frau. Warum bist du so nett zu mir?«

Mein Herz macht einen Satz. »Ich weiß es nicht genau. Aber ich habe das Gefühl, dass uns etwas verbindet.«

Er legt den Kopf schief. »Du meinst dieses eine Mal im Dschinn?«

»Auch. Doch ich vermute, eine höhere Macht wollte, dass wir uns begegnen. Anders kann ich mir das nicht erklären.«

»Ich glaube nicht an höhere Mächte.« Als er lächelt, flattern Schmetterlinge gegen meine Magenwand.

»Woran glaubst du dann, Nitro?«

»Ich weiß es nicht mehr.«

Als wir nähertreten, richten die Warrior die Waffen auf uns. Nachdem sie ihn als einen ihrer Brüder erkannt haben, lassen sie ihre Gewehre sinken. »Wollt ihr rein?«, fragt der Riese mit dem schwarzen Haar zur Rechten.

Nitro nickt.

Der andere Warrior, der mit seinem langen Zopf eher wie ein irischer Krieger aussieht, drückt auf ein Display an der Wand. Sofort leuchtet es auf. »Eure Namen?«

»Callan Forbes«, sagt Nitro. Seine Stimme klingt normal.

»Und wen hast du dabei?«

»Soraja aus Resur.« Er grinst verrucht. »Ich will mich nur ein wenig mit ihr vergnügen, dann bring ich sie zurück.«

Der Warrior zwinkert und notiert meinen Namen nicht. »Okay, ihr könnt passieren.«

Ich muss Julius unbedingt sagen, dass die Wachen an den Toren ihren

Job nicht gerade pflichtbewusst erledigen, aber wer kann es ihnen verdenken? Die Warrior halten eben zusammen.

»Callan? Ist das dein richtiger Name?«, frage ich ihn, als wir eine Schleuse passieren. Sie hat vorher die angeblich verstrahlte Luft draußen gehalten. Heute sorgt sie noch dafür, dass das Klima im Inneren konstant bleibt und keine Insekten in die Stadt kommen. Diese könnten das empfindliche, klinisch-ökologische Gleichgewicht stören.

»Hm.«

Er ist so verdammt wortkarg. Ob wir jemals normal miteinander reden werden? Aber was mache ich mir darüber Gedanken? Ich bin seine Geisel!

***

Schweigend schreiten wir durch verlassene, schmale Straßen. Zu beiden Seiten ragen Hochhäuser auf, und ich habe keine Ahnung, wo wir uns befinden. Die Stadt ist zwar recht übersichtlich, doch außer der Dschinn Bar und der Wäscherei, in der unser Hauptquartier war, habe ich nicht viel von ihr zu sehen bekommen. Im Gegensatz zu Resur scheinen die meisten Menschen in White City um diese Zeit zu schlafen. Es muss nach Mitternacht sein, aber wie immer kann man das unter der Kuppel nicht genau wissen. Hier wird es nie dunkel, da die Schutzhülle das Licht reflektiert.

Die Gehsteige sehen wie geleckt aus, kein Müll, kein Staubkorn liegt uns im Weg.

»Hast du White City vermisst?«, will ich wissen und frage erst gar nicht, wo wir hingehen. Er wird es mir ja doch nicht sagen.

»Es gibt nicht viel, was ich vermissen könnte«, antwortet er und schaut mich plötzlich überrascht an. Ob ihm gerade klar wird, was für ein Leben er geführt hat? Offenbar war es geprägt von Drill und Einsamkeit. Ich kann ihm direkt anmerken, wie er sich nach Zuwendung sehnt.

Vor einem der unzähligen gleich aussehenden Häuser halten wir. Mindestens hundert Namen stehen an der Tür. Anscheinend ist das einer der Wohnblocks, in denen ausschließlich Warrior leben, denn sonst nennt sich kein normaler Mensch Dynamite, Star, Wolf, Hero … Eingebildet sind die Kerle ja nicht im Geringsten.

»Wo ist der Pförtner?« Er schaut sich in der Eingangshalle um, aber dort sitzt niemand, alles wirkt verlassen.

»Der ist wohl nicht mehr nötig. Es gibt keinen Senat, der kontrolliert, ob ihr brav zu Hause hockt.« Ich kann mir den bissigen Ton nicht verkneifen, denn langsam muss der Kerl doch aufwachen.

Mit dem Aufzug fahren wir nach ganz oben und gehen zur letzten Tür im Gang. Dort steht kein Namensschild, und als Nitro den Daumen auf den Scanner legt, bleibt ihm der Zutritt verwehrt.

»Fuck«, murmelt er, drückt mich auf die Seite und tritt mit dem Fuß die Tür ein.

Als sie aufschlägt, bin ich überrascht, wie groß das Apartment ist.

»Hast du hier gewohnt?« Wir betreten ein geräumiges Zimmer mit Panoramablick über die Stadt, auf der gegenüberliegenden Wand befindet sich ein riesiger Screener. Weiße Möbelstücke sorgen nicht gerade für Gemütlichkeit, alles wirkt steril. Und ich erkenne keine persönlichen Sachen, nichts liegt herum, so als ob hier nie jemand gelebt hat.

Kopfschüttelnd fährt sich Nitro durchs Haar und reißt die Schubladen an einer Kommode auf. »Vater muss mich für tot gehalten haben.« Er läuft hierhin und dorthin, schaut in Schränke und öffnet einen Tresor. »Meine Waffen sind auch weg. Fuck!«

Ich folge ihm ins Schlafzimmer, in dem ein großer Kleiderschrank und ein breites Bett stehen. Im Schrank befinden sich fein säuberlich zusammengelegte schwarze T-Shirts und Unterwäsche, wohl die Standardbekleidung der Krieger, ansonsten ist auch er leer.

An der Wand hängt ebenfalls ein Screener, und auch in diesem Raum ist der Ausblick aus dem großen Fenster überwältigend. Ich kann die Stadt bis ins Zentrum überblicken, auf dem ein großer Turm steht: der Shuttle-Tower.

»Darf ich mal das Badezimmer benutzen?«, frage ich leise, weil ich dringend auf Toilette muss.

Er nickt resigniert, ohne mich anzusehen, und hockt sich aufs Bett.

Meine Brust schnürt sich zusammen. Diese Bastarde haben ihm sein Leben gestohlen. Ich würde mich gern zu ihm setzen, aber ich glaube, er möchte lieber allein sein. Gedankenverloren schaut er aus dem Fenster.

Ich lehne die Tür an, um mich schnell zu erleichtern, und bewundere die Einrichtung. Die Toilette und das Waschbecken bestehen aus dunkelblauem Glas, und es gibt eine Dampfduschkabine, die orangefarbene Scheiben hat. Außerdem befindet sich eine seltsame große Box in einer Ecke. Sie erinnert mich an eine riesige Dose und hat eine Tür, aber kein Sichtfenster. Was sich dahinter wohl verbirgt? »Dekontamination« steht darauf. Offenbar ist es eine Reinigungskammer, falls ein Warrior bei einem Außeneinsatz verstrahlt wurde.

Am meisten fasziniert mich die riesengroße runde Wanne in der Mitte des Raumes. Wow, da passen viele Liter Wasser rein.

»Du kannst gerne ein Bad nehmen«, höre ich ihn plötzlich sagen, als ich mir die Hände wasche, und drehe den Kopf.

Nitro steht an der Tür. Er hat sich Rocks Hemd ausgezogen und trägt nur seine Einsatzhose. Kurz betrachte ich die Krallenspuren, dann richte ich den Blick schnell auf sein Gesicht. Es sieht normal aus. Ich glaube, langsam lernt er, sich ohne seine Pillen zu beherrschen.

»Ich würde die Wanne wirklich gerne ausprobieren.« In Resur war Wasser bisher Luxus und ein Bad konnte sich nur selten jemand leisten, außer, es hat ihm nichts ausgemacht, sich mit verseuchtem Wasser zu waschen.

»Das ist ein Whirlpool.« Er tritt ein und zeigt mir das Display am Rand. »Dort kannst du verschiedene Massageprogramme einstellen.« Er tippt darauf herum, schon sprudelt aus mehreren Düsen am Boden der Wanne Wasser.

»Wow. Du hast mich überzeugt.«

Das Becken füllt sich in rasender Geschwindigkeit mit frischem Nass. Als ich die Hand hineinhalte, fühlt es sich perfekt temperiert an.

Nitro lächelt mich an, doch in seinen Augen spiegelt sich Melancholie. Abrupt dreht er sich um und verlässt das Zimmer.

Erneut lehne ich die Tür an, denn ich traue mich nicht, sie abzuschließen. Irgendwie will ich mitbekommen, was Nitro macht.

»Möchtest du etwas trinken?«, ruft er. »Ich habe zwei Dosen Pearl im Kühlschrank gefunden.«

»Was auch immer Pearl ist, ich nehme es!«, rufe ich zurück, weil ich wirklich Durst habe. Ich tauche beide Hände in die Wanne und koste. Mmm, frisches Trinkwasser, und solch eine große Menge! Was für eine Verschwendung. Sofort nehme ich so viele Schlucke, bis mein Magen gefüllt ist, und ziehe mich anschließend aus. Das Wasser hat sich von selbst abgeschaltet, Dampfschwaden wabern zur Decke.

Auf dem Beckenrand liegt ein Schwamm, daneben steht eine Flasche mit Waschlotion. Ich freue mich richtig auf das Bad, doch gerade als ich in die Wanne steigen möchte, höre ich Nitro plötzlich wieder sprechen. Zuerst glaube ich, er redet mit mir, aber dann vernehme ich eine weitere Männerstimme. Oh Gott, hat er Besuch?

Ich möchte die Tür schließen, da erkenne ich durch den Spalt, dass er im Schlafzimmer vor dem Screener steht. Das Gesicht eines alten Mannes mit kurzen grauen Haaren leuchtet darauf.

Nitro deutet auf seinen Nacken. »Sie haben mir den Chip herausgeschnitten, Vater, deshalb habt ihr mich nicht orten können.«

Vater? Also ist das der Arzt, der ihm all das angetan hat?

Neugierig luge ich durch den Spalt.

»Wir haben geglaubt, dich verloren zu haben. Was ist passiert?« Der Mann schaut ernst aus, seine Stimme klingt ruhig. Er scheint nicht gerade vor Freude zu platzen, dass sein »Sohn« noch lebt.

»Die beiden abtrünnigen Warrior Jax und Crome haben mich überwältigt und nach Resur gebracht. Ich war ihr Gefangener.«

Der alte Mann nickt. »Und da du nun hier bist, vermute ich, sie sind tot.«

»Nein, sie leben. Ich hatte keine Zeit, sie zu töten, denn ich wollte sofort zurück. Die Outlander haben mir viel erzählt, aber ich wollte ihnen nicht glauben. Stimmt es, das Regime ist gestürzt?«

»Komm morgen Früh zu mir, dann besprechen wir alles. Die Leitungen sind nicht mehr sicher …«

Schnell ziehe ich mich zurück, ich habe genug gehört. Ich muss versuchen, später dringend Mark zu erreichen, um ihm zu berichten, dass ich Nitros Schöpfer gesehen habe. Womöglich kann ich noch seinen Namen in Erfahrung bringen, damit Sam und Mark mehr über Project Beastmaker herausfinden. Vielleicht kann man Nitros Verwandlung irgendwie stoppen.

Aber zuerst will ich baden. Das warme Nass ist zu verlockend. Genüsslich begebe ich mich in den Whirlpool und lehne mich entspannt zurück, während mich das Wasser wie ein Kokon umhüllt. Ich fühle mich geborgen, federleicht und frei … Bis auf einmal die Tür aufgeht und Nitro hereinspaziert.

Nackt.

Sofort ziehe ich die Beine an und überkreuze die Arme vor der Brust. »Was wird das?«

Mein Herzschlag beschleunigt sich, und ich kann nicht den Blick von seiner Körpermitte nehmen, dort, wo seine Bauchmuskeln wie ein V zusammenlaufen. Er ist nicht erregt, trotzdem ist sein Penis beträchtlich lang. Wahrscheinlich kommt er mir nur so groß vor, weil ich einfach aus der Übung bin, was Männer anbelangt.

Als Nitro zu mir steigt, schwappt Wasser über den Rand und sammelt sich in einer Auffangrinne, von der es in die Kanalisation weitergeleitet wird. Dort unten habe ich mich monatelang versteckt, und jetzt sitze ich mit meinem ehemaligen Feind zusammen in der Wanne. Wie sehr sich alles geändert hat.

Seufzend lehnt er sich zurück. »Entweder wir baden gemeinsam oder gar nicht. Ich hab nämlich keine Lust, dir nackt hinterherzulaufen, falls du versuchst zu fliehen.«

Resolut stellt er eine gelbe Getränkedose auf den Wannenrand. »Dein Pearl.« Er nimmt ein paar kräftige Schlucke aus seiner Dose, wirft sie anschließend auf den Boden und schließt die Augen.

Seine langen Beine ragen auf beiden Seiten an mir vorbei. Da er sie geöffnet hat, erkenne ich wirklich alles. Und offenbar weiß er genau, wie er auf mich wirkt, denn er sieht verdammt zufrieden aus.

Leise stößt er die Luft aus und legt den Kopf zurück, sodass sein Kehlkopf hervorschaut.

Er war lange eingesperrt und genießt das Wasser jetzt sicher genauso wie ich.

Na ja, ich würde es gerne wieder genießen, aber es ist schwer mit einem Krieger, der sich jede Sekunde in ein Biest verwandeln kann.

Ich nehme das Pearl und probiere einen Schluck. Das Getränk perlt auf der Zunge und schmeckt nach Zitrone, zugleich ist es so süß, dass es mir alles im Mund zusammenzieht. Da bevorzuge ich reines Wasser.

Nachdem ich die Dose zurückgestellt habe, greife ich nach dem Schwamm.

In diesem Moment öffnet er ein Auge und schaut mich an. Abwartend. Lauernd. Ob er etwas ahnt?

Ich habe vor, ihn zu waschen, um ihn abzulenken und ihm mehr Informationen zu entlocken. Ich möchte ihm damit ja nicht schaden, im Gegenteil.

Langsam komme ich an seine Seite und streiche mit dem Schwamm über seinen Arm. »Du siehst erschöpft aus. Ruh dich aus.« Mein Herz donnert gegen die Rippen. Ich riskiere viel und fühle mich wie ein Dompteur.

»Denkst du, ich durchschaue deine Absichten nicht?« Er beugt sich zu mir, sein Gesicht ist nur Millimeter von meinem entfernt. »Haben sie dich beauftragt, mich auszuhorchen?« In abgehackten Schüben keucht er mir seinen Atem entgegen, das Biest flackert in seinen Augen auf und auch die Fänge haben sich verlängert.

Verdammt, er ist viel zu leicht reizbar. »Nitro, niemand hat mich beauftragt. Wann glaubst du mir das endlich?« Meine Stimme zittert, denn die Gier in seinen Augen erschreckt und erregt mich gleichermaßen. »Ich will dir nur helfen, und das weißt du. Du spürst es.« Ich reibe den Schwamm an seinem Hals auf und ab. »Ich tu das nur für dich.« Leise setze ich hinzu: »Für uns.«

Das Gelb in seinen Iriden vermischt sich mit dem gewohnten Grün und Braun. »Für uns?«, fragt er rau, wobei er seine Hand an mein Bein legt.

Sonja, er ist wie ein wildes Tier, kein Schmusekätzchen, also hör auf, ihn zu streicheln, oder er wird dir noch wehtun, ermahnt mich meine innere Stimme. *Und er wird nicht nur deine Seele verletzen, er könnte dich mit einem Schlag töten … oder seine Fänge in deinem Hals versenken.*

Mein Puls klopft heftiger. Obwohl ich mich vor ihm fürchte, hört meine Hand nicht auf, den Schwamm auf Wanderschaft zu schicken. Mittlerweile ist er bei seinem Bauch angekommen. In kreisenden Bewegungen fahre ich über die ausgeprägten Muskeln.

Knurrend schließt er die Augen. Es ist kein bedrohlicher Laut, sondern er ist erregt. Der Beweis ragt mir unter Wasser entgegen.

Als er mich plötzlich packt und auf seinen Schoß zerrt, schreie ich überrascht auf. Mit geöffneten Schenkeln sitze ich ihm gegenüber, und er streichelt an den Innenseiten meiner Beine auf und ab.

»Ich will, dass du mir alles zeigst, was ein Mann und eine Frau miteinander tun können, wie damals im Dschinn.«

»Ich bin nicht deine Sklavin«, wispere ich, während sich mein Unterleib verkrampft.

»Du bist meine Geisel, das ist fast dasselbe. Du tust, was ich dir sage!«

»Das werde ich nicht!« Als er mich am Po näherziehen will, stütze ich mich an seinen Schultern ab. Seine Erektion ragt zwischen uns empor, ich erkenne sie deutlich durch das Wasser. Seine Hände liegen immer noch an meinem Gesäß, und ich spüre, wie sich seine Krallen sanft in meine Haut drücken. Oh Gott, er hat sich vollständig verwandelt!

Mehr Gelb fließt in seine Augen, die Brustmuskeln schwellen an. »Rebellin durch und durch.« Knurrend legt er den Kopf zurück und atmet heftig, als ob er versuchen würde, seine Verwandlung aufzuhalten.

Vorsichtig lasse ich den Schwamm über seine Brust gleiten. »Du musst lernen, auf andere Rücksicht zu nehmen. Bezwinge dein Biest, lass nicht zu, dass es Macht über dich erhält.«

»Ich mag diese Seite an mir.« Leise knurrend mustert er mich. Dabei bleibt sein Blick auf meinen Brüsten hängen, die aus dem Wasser herausschauen. Mit einer klauenbespickten Hand fährt er von meinem Schlüsselbein über meine Brust. Die Krallen hinterlassen feine Kratzer, doch er verletzt mich nicht wirklich. Als er jedoch seinen Daumen um meine

Brustwarze kreisen lässt und die Kralle in meinen Nippel drückt, schreie ich auf und will von seinem Schoß rutschen, aber die andere Hand hält mich fest.

Meine Brustspitze gibt nach und die Kralle drückt sich in die Haut, ohne dass Blut fließt. Wie ein Kind, das ausprobiert, wie weit es gehen kann, spielt er an meiner Brustwarze.

»Fürchtest du dich vor mir, Sonja?« Seine Stimme hat nichts Menschliches mehr an sich. »Hast du Angst vor dem Biest?«

»Ich habe keine Angst vor dir«, sage ich möglichst fest und bin froh, als er endlich von meinem Nippel ablässt.

»Das solltest du aber. Ich bin ausgebildet worden, um Menschen wie dich zu töten.« Er öffnet die Schenkel, sodass sich meine Beine automatisch mehr spreizen, und drückt seine Hand an mein Geschlecht.

Bitte verletz mich nicht, bete ich. Seine Krallen streifen mein empfindliches Fleisch, während er mich mit der flachen Hand streichelt. Mein Kitzler hämmert gegen seine raue Handfläche. »Hör auf, das zu sagen, Nitro. Das bist nicht du. Der Senat wollte ein Monster erschaffen, er hat dir all das eingetrichtert, aber ich habe den sanften, rücksichtsvollen Mann in dir kennengelernt. Dein wahres Ich.« Keuchend lehne ich den Kopf an seine Schulter und streichle seinen Nacken.

Da schabt eine Kralle über meinen Venushügel, und ich zapple auf ihm, aus Furcht, verletzt zu werden. Er spielt mit mir, er spielt mit meinen Ängsten und meiner Lust gleichermaßen.

»Weißt du, was das Biest möchte? Dich ficken.« Als er einen Finger in mich schiebt, schreie ich erneut auf und warte auf den Schmerz, stattdessen pulsiert mein Inneres und giert nach dem unerwarteten Eindringling. Keine Krallen, Gott sei Dank!

Er zieht den Arm zurück, um seinen Finger abzulecken, dann presst er mich an sich, und seine Erektion drückt sich an meine gespreizte Scham. »Ich will dich hart und rücksichtslos ficken, bis du schreist.«

Mein Kitzler hämmert gegen seinen Schaft, und ich sehe ihm tief in die wilden Augen. »Ich werde nur vor Lust schreien, Nitro.«

Ich muss seine Zuneigung zu mir ausnutzen, um endlich an ihn heranzukommen, und im Moment habe ich keine Wahl, außer ihm zu gehorchen. Wenn ich mich wehre, tut er mir vielleicht wirklich etwas an. »Hast du dich im Dschinn nicht ausgetobt?«

Sein Blick flackert. »Ich hatte nach dir keine mehr.«

»Warum?«

»Niemand durfte sehen, wer ich wirklich bin. Selbst meine Freunde wussten von nichts.«

Deshalb hat er so selten gelacht oder andere Emotionen gezeigt, um sich nicht zu verraten.

Ich beuge mich vor, um mit den Lippen über seine Wange zu streichen. Dabei rast mein Puls, und mein Magen verkrampft sich vor Aufregung. »Du musst sehr einsam sein.«

Langsam dreht er den Kopf. »Jetzt habe ich dich.«
Seine leisen, sehnsüchtig klingenden Worte rauben mir den Atem. »Ich bin nicht freiwillig mitgekommen«, sage ich an seinen Lippen. Ich will sie küssen, doch ich werde warten, bis er mich küsst.
»Wärst du mit mir gekommen, wenn ich dich gefragt hätte?«
»Ich glaube schon«, erwidere ich, wobei meine Antwort eigentlich Ja lautet. Ich bin diesem Kerl einfach verfallen, obwohl er gefährlich ist. Ich muss verrückt sein.
Seine Hüften zucken, seine Eichel pflügt zwischen meinen Schamlippen hindurch. »Ich könnte dich zwingen, bei mir zu bleiben. Ich habe deine Angst gesehen, aber du trotzt ihr, das gefällt mir. Du weißt, wer ich bin, Sonja.«
»Ich weiß viel zu wenig über dich, doch ich will mehr über dich erfahren.«
Er drückt mich an den Schultern zurück. »Dann machen wir einen Deal. Ich darf dich ficken und du darfst mir anschließend Fragen stellen.«
»Erpresser«, wispere ich und stöhne auf, als er eine meiner Brustwarzen einsaugt. Dabei schaben seine Fänge über meine Haut. »Wie viele Fragen?«
»Drei.« Seine Zunge flattert über meinen sensiblen Nippel.
»Drei? Das ist nicht fair, schließlich …« Er leckt härter und schiebt erneut eine Hand zwischen meine Beine, um über meinen Kitzler zu reiben.
»Fünf. Mindestens!«, bringe ich keuchend hervor.
Ich stöhne an seinen Hals, als er mich fingert.
»Okay, fünf.« Er nimmt die Hand weg, und zieht mich wieder zu sich. Anschließend hebt er mich am Po ein Stück hoch. »Halte meinen Schwanz fest, Sonja.«
Ich umschließe unter Wasser den heißen, pulsierend Schaft.
»Und jetzt führe ihn dir ein.«
Oh Gott, seine Befehle gefallen mir! Gehorsam drücke ich ihn an die richtige Stelle, und Nitro senkt mich herab. Wie ein Schwert fährt er in mich, schnell, tief und gnadenlos, und ich kann wieder nur hilflos zappeln. Wie festgepinnt hocke ich auf ihm, die Beine gespreizt, während sein glasiger Blick auf unsere Körpermitten gerichtet ist.
»Ich liebe es, in dir zu sein«, raunt er und zieht mich an sich, sodass sich meine Brust an seine schmiegt. »Es ist das beste Gefühl der Welt.«
»Ich muss mich erst an dich gewöhnen …« Abgehackt keuche ich an seinen Hals; mein Unterleib pulsiert um seine Länge. Er füllt mich ganz aus. Oh Gott, er ist so tief in mir, dass ich kaum atmen kann.
Plötzlich klingt er besorgt. Er reißt die Augen auf, und der letzte Rest Gelb verschwindet aus seinen Iriden. »Habe ich dir wehgetan?«
»Nein, das war nur ein bisschen zu schnell. Es geht gleich.«
Behutsam hebt er mich von seinem Schoß, und ich fühle mich leer. »Ich habe dich verletzt, du hast Schmerzen.«
»Es geht schon, wirklich.«
Als er mich hochnimmt, schlinge ich die Arme um seinen Nacken. Er steigt mit mir aus der Wanne und trägt mich aus dem Badezimmer. Tropf-

nass legt er mich aufs Bett und drückt meine Beine auseinander.

»Was machst du?«

»Ich habe dir wehgetan.« Unbeholfen zupft er an meinen Schamlippen, drückt sie zur Seite und begutachtet meine Scheide.

Himmel, seine unbeholfene, fürsorgliche Art erwärmt mein Herz. Außerdem erregen mich seine Finger. Ich stöhne leise.

»Tut das weh?«

»Nein, es ist angenehm, wenn du mich so sanft berührst.«

»Du bist schön, dort unten.« Sein Blick wirkt wieder fiebrig, seine Nasenflügel blähen sich. Sein Kopf kommt näher, und auf einmal haucht er Küsse auf mein Geschlecht.

Sofort klopft mein Herz bis in meinen Schoß. Mein Unterleib glüht vor Lust, und ich genieße das behutsame Spiel seiner Zunge. Nitro kann zärtlich und rücksichtsvoll sein, und wie er das kann.

Erneut schiebt er einen Finger in mich und raunt: »Ich will dich vorbereiten, wie du es mir schon einmal gezeigt hast.«

Ich weiß nicht, ob ich vor Freude weinen oder vor Lust keuchen soll. Der Mann verwirrt mich.

Minutenlang genieße ich Zunge und Finger, bis er mich fast zum Höhepunkt bringt. Auch wenn seine Berührungen wundervoll sind, möchte ich ihm etwas davon zurückgeben. Er soll dasselbe empfinden.

Daher setze ich mich auf und drücke ihn zurück auf die Laken. »Jetzt bist du dran.«

Überrascht schaut er mich an, aber er bleibt liegen und beobachtet jede meiner Reaktionen. Ich beginne an seinem Gesicht, lasse einen Finger über seine Lippen wandern und küsse sein Kinn, den Mundwinkel …

»Mehr«, haucht er.

Ich grinse. »Entspanne dich und genieße einfach.«

Er lächelt nicht, sondern schaut mich ungläubig an. »Warum tust du das?«

»Du sollst fühlen lernen, Nitro. Mit deinem Körper und deinem Herzen.«

»Ich fühle viel. Meine ganze Lust sammelt sich in meinem Schwanz.« Er umschließt seinen Schaft und zieht die Vorhaut zurück. »Dort musst du mich lecken, Sonja.«

»Dazu komme ich noch«, sage ich atemlos. Dieser schöne wilde Mann liegt mit mir im Bett – ich kann es kaum begreifen. »Du musst dich gedulden.«

»Fuck Geduld.« Seine Iriden flackern, doch er bleibt bei mir. *Nitro* bleibt bei mir.

Als ich an seiner Ohrmuschel knabbere, durchfährt ihn ein Zittern.

»Gefällt dir das?«, wispere ich.

»Hmm«, brummt er. »Mach weiter.«

Ich arbeite mich an seinem Hals hinab und wieder herauf, und küsse ihn. Sofort kommt mir seine Zunge entgegen.

»Lass deine Zunge drin«, sage ich schmunzelnd. »Fühle mich mit den Lippen.« Erneut senke ich meinen Mund herab, und diesmal hört er auf mich.

Sein Mund ist weich und fest zugleich, und es berührt mich tief, ihn zu küssen. Dabei blinzelt Nitro ständig, während er die Hand immer noch an seiner Erektion hat, um daran auf und ab zu fahren.

Als er unruhiger wird, beeile ich mich, seine Brustwarzen zu küssen, umkreise sie mit der Zunge und streichle seinen Bauch. Ich lasse meine Hände über die weiche Haut wandern und fühle die zahlreichen Narben. Ob ihn jemals ein anderer Mensch zärtlich berührt hat?

»Tiefer«, raunt er. »Nimm ihn in den Mund.« Er greift in mein Haar, um mich zwischen seine Beine zu dirigieren. »Leck ihn, speichele ihn ein, dass ich leichter …«

Als ich meine Lippen um seine Eichel schließe, dringt ein kehliges Fauchen aus seinem Mund.

Es ist lange her, dass ich geblasen habe, aber ich möchte es gut machen. Daher gebe ich mir alle Mühe, nehme ihn möglichst tief auf und sauge leicht an der Spitze. Salzige Tropfen perlen aus dem Schlitz, und Nitro hebt behutsam sein Becken. Ich sehe, wie er die Finger ins Laken krallt und den Kopf hin und her wirft, doch er stößt nicht zu. Er nimmt Rücksicht, will mich nicht verletzen.

»Ich kann nicht mehr«, knurrt er. »Ich muss jetzt in dir sein.«

Kaum hebe ich den Kopf, wirft er mich unter sich. Seine Iriden schimmern gelblich, als würden sie glühen, seine Fänge sind verlängert.

»Will in dir sein«, raunt er. »Muss dich spüren.« Er zwingt meine Beine auseinander und senkt sich auf mich.

Als er diesmal eindringt, geht er behutsamer vor. Langsam drängt er meine Schamlippen zur Seite und taucht tiefer.

Ich umschließe ihn heiß und fest, wobei ich meine Finger in seinen Rücken grabe. Bei Nitro habe ich das Gefühl, dass er mich vollkommen in Besitz nimmt, und das gefällt mir.

»Schön«, knurrt er. »Heiß und eng.«

Kaum spüre ich die ersten Spasmen, die meinen Höhepunkt ankündigen, zieht er sich zurück.

»Will dich von hinten.« Er hat sich halb verwandelt und atmet schwer, aber seine Krallen sind nicht ausgefahren. »Dreh dich um.«

Nachdem ich auf alle viere gegangen bin, packt er mein Becken und zieht meine Scham in sein Gesicht. Er kniet hinter mir und leckt mich aus, von vorne bis hinten und zurück. Dabei zieht er meine Pobacken auseinander, um mich zu beschnuppern und ebenfalls zu lecken.

Es ist mir peinlich, dass er mich dort genauso eingehend betrachtet und die Zunge an meinen Schließmuskel stupst, trotzdem verkrampft sich alles in mir lustvoll.

»Ich hab gehört, dass man eine Frau auch dort hinein ficken kann«, raunt er.

»Dort habe ich noch nie …« Ich stöhne ins Kissen, als er die Zungenspitze in mich schiebt, danach leckt er wieder tiefer und lutscht an meinen

Schamlippen.

»Nass und bereit für mich.« Er drückt sich an mich, und erneut drängt sein Geschlecht hinein.

»Du hast die perfekte Größe, Sonja, schön eng.« Nachdem er sich über mich gebeugt hat, spielt er an meinen Brüsten, während er behutsam tiefer gleitet.

Immer weiter fährt er in mich und kommt noch tiefer als zuvor.

Sein Daumen kreist an meinem Anus. Er befeuchtet ihn mit meiner Lust, und als er ihn ein Stück in mich drückt, verkrampft sich mein Schoß. Nitro nimmt mich schneller, und ich greife nach seiner Hand, mit der er meine Brust massiert, um sie zwischen meine Beine zu führen. »Hier musst du mich berühren.«

Er versteht und reibt fest über meinen Kitzler. Es dauert nicht lang, da peitschen Stromstöße durch meinen Körper. Als er sich immer schneller in mich rammt, komme ich zum Höhepunkt. Dabei drückt er den Daumen tiefer in meinen Muskel, woraufhin mein Orgasmus noch einmal aufpeitscht.

»Du bist so ein geiles Weib«, raunt er, bevor er kommt.

Er gibt halb knurrende, halb stöhnende Laute von sich, während er mich mit seiner Hitze füllt. Ich glaube, er flüstert meinen Namen, und es hört sich wie eine Liebkosung an. Doch vielleicht bilde ich mir das ein, weil ich will, dass er mich liebt.

Ein letztes Mal drückt er sich zitternd in mich, dann streckt er den Arm aus, um auf dem Nachttisch ein Display zu aktivieren. Plötzlich verdunkeln sich die Fenster, aber ich habe zuvor einen kurzen Blick auf ihn erhaschen können. Das Biest ist verschwunden.

Er zieht mich an seinen Körper und dreht sich auf die Seite. Ich spüre seine große warme Gestalt in meinem Rücken. In Löffelchenstellung bleiben wir liegen, wobei er den Arm besitzergreifend um mich geschlungen hat und uns zudeckt. Wie soll ich denn jetzt Mark informieren? Und womit? Ich habe keinen Tablet-PC gesehen, mit dem ich eine Verbindung nach Resur aufbauen könnte.

Während sich seine Muskeln entspannen und auch mich eine wohlige Trägheit übermannt, fällt mir ein, dass ich ihm nun Fragen stellen darf. Wird er sein Versprechen halten?

»Es gibt also in White City noch jemanden wie dich?«

»Gab«, antwortet er und schweigt ein paar Sekunden, bevor er hinzusetzt: »Er ist schon lange tot.«

»Wie ist er gestorben?«

»Ich habe ihn getötet.« Er klingt ruhig und sachlich, aber er zuckt kurz.

Oh Gott … »War es das Kind, von dem du gesprochen hast?«

»Ja. Fox, mein Bruder.« Er seufzt leise. »Ich musste es tun.«

Ich schlucke hart. »Sie haben dir befohlen, ein Kind zu töten? Deinen eigenen Bruder?« Ich frage mich, wer hier die Bestie ist.

»Wir mussten miteinander kämpfen. Hätten wir uns geweigert, hätten sie uns beide getötet. Wir wollten jedoch, dass einer überlebt. Ich wollte, dass

Fox überlebt.«

Langsam drehe ich mich in seinen Armen um und streiche über seine Brust. Auch wenn ich die Narben im Dunkeln nicht sehen kann, weiß ich genau, wo sie sich befinden. »Sind die von ihm?«

»Hm«, brummt er.

»Sie haben euch also gegeneinander antreten lassen?«

»Es konnte nur einer der Bessere sein. Nur einer von uns sollte zum perfekten Mörder ausgebildet werden. Derjenige, der weniger Skrupel hat.«

»Nitro … Das ist grausam!« Ich sehe Bilder von zwei Jungen, die sich mit ausgefahrenen Krallen und gefletschten Fängen in einem Käfig gegenüberstehen. Sie bluten aus zahlreichen Wunden, während sie weinen … Meine Kehle schnürt sich zu, und ich streichle Nitro über den Kopf.

»Es war schrecklich«, sagt er monoton. »Fox hätte mich töten sollen, ich wollte es, aber das Biest in mir war stärker. Ich habe nur noch rot gesehen, und als ich wieder zu mir kam, hielt ich seinen blutenden Leib in den Armen.«

Er musste seinen Bruder töten, das ist so furchtbar! Wenn ich mir vorstelle, Noel müsste ein anderes Kind umbringen …

Er zieht mich fester an sich und vergräbt sein Gesicht in meinem Haar. Ich fühle, wie sehr er noch heute darunter leidet. »Nach allem, was sie dir angetan haben, stehst du weiterhin auf ihrer Seite?«

»Es war ein brutaler Test, doch er hat mich vollkommen gemacht.«

Vollkommen irre, möchte ich sagen.

»Es musste sein, das gehörte zu meiner Ausbildung. Ich bin etwas Besonderes, besser als alle anderen Warrior. Und ich habe Vater stolz gemacht. Ich habe alles getan, um ihm zu gefallen.« Er seufzt erneut. »Ich habe Fox beinahe vergessen. Aber als ich keine Tabletten mehr hatte, kamen die Erinnerungen auf einen Schlag zurück.«

»Hat dein Vater dir jemals seine Liebe gezeigt?«

»Liebe existiert bei ihm nicht. Er sagt, das Gefühl macht einen angreifbar und schwach. Er hat mir Ehre erwiesen, mir gezeigt, wie stolz er auf mich ist.«

Stolz und Ehre … In meiner Brust wird es eng. Kann Nitro überhaupt lieben?

»Hattest du keine Amme, so wie die anderen Krieger?«

»Doch, aber nicht so viele Jahre. Sie hat meinen Bruder und mich großgezogen und gefüttert, bis wir allein essen konnten, danach hat sie sich darum gekümmert, dass wir sauber waren und uns heimlich Schlaflieder gesungen. Daran kann ich mich erinnern. Fox und ich müssen fünf gewesen sein, als Vater sie entlassen hat. Ich weiß noch, dass wir geweint haben. Dafür hat er uns eine Woche voneinander getrennt und wir mussten in einem Käfig schlafen.«

»Oh Gott, warum denn?«

»Wir hatten unsere Emotionen nicht unter Kontrolle. Vater ließ uns immer so lange im Käfig, bis wir uns beruhigt hatten. Dann bekamen wir irgendwann schon einmal versuchsweise die Tabletten und hatten uns besser im Griff. Wir waren Stolz, dass wir uns beherrschen können.«

Ein Leben ohne Liebe, ein täglicher Kampf um Anerkennung … Ich möchte Nitro umarmen und nie wieder loslassen.

Zärtlich streiche ich ihm über den Rücken und kuschle den Kopf an seine Brust. Ich will nicht länger auf diesem Thema herumreiten, trotzdem bin ich froh, dass er sich mir endlich öffnet und ich zu ihm durchdringe. Ich muss Mark und Samantha dringend berichten, was Nitro zugestoßen ist. Dieser Arzt muss hinter Gitter für das, was er Nitro und seinem Bruder angetan hat.

»Und du warst wirklich nie bei einer anderen Frau?«, platzt es aus mir. Leider brennt mir die Frage schon lange unter den Nägeln, denn wenn ich die Augen schließe und ihn mit einer anderen sehe, bekomme ich Magenschmerzen.

»Du hast deine fünf Fragen längst verbraucht«, murmelt er müde in mein Haar.

Ich stupse ihn an der Schulter an. »Ach, komm schon, wir Frauen sind furchtbar neugierig.«

Lange schweigt er, und als ich beinahe glaube, er ist eingeschlafen, antwortet er mir doch noch.

»Du warst bisher die Einzige für mich, mit der ich …« Er räuspert sich. »Da gab es andere, mit denen ich auf dem Zimmer war.«

Ein Stich rast durch mein Brustbein. Habe ich wirklich geglaubt, er wäre nie bei einer anderen gewesen?

»Wir haben bloß … geredet und ich wollte, dass sie mich in den Arm nehmen, mich einfach nur berühren. Das hat mir gereicht. Ich wollte ihnen keine Angst machen, außerdem musste ich mich bedeckt halten. Nachdem du einen winzigen Einblick auf mein anderes Ich bekommen hast, musste ich vorsichtiger sein, daher habe ich nicht mit ihnen geschlafen.«

Ich atme auf. Dann war ich nicht nur die Erste, sondern auch die Zweite für ihn? Mein Herz erwärmt sich.

Ich hebe meinen Kopf, um ihm einen Kuss auf die Lippen zu hauchen. »Jetzt wünschte ich mir, wir hätten uns in White City öfter treffen können.«

Er dreht sich auf den Rücken und zieht mich auf sich. Dabei ruhen seine Hände an meiner Taille. »Ich habe so sehr gehofft, du würdest wieder ins Dschinn kommen. Du hattest mein anderes Ich schon gesehen, oder einen Teil davon.«

Ich genieße es, auf seinem großen, festen Körper zu liegen, hole mir ein Kissen heran, das ich neben seinem Kopf zusammenbausche, und kuschle mich an seinen Hals. Ich möchte meine Nase die ganze Nacht dort liegen lassen, um an ihm zu schnuppern. »Du hast dich nach Zuwendung gesehnt. Dein Vater hat nicht alle Gefühle in dir töten können.«

»Täusche dich nicht in mir, Sonja«, sagt er plötzlich kühl und dreht den Kopf weg. »Keine Frau wünscht sich so einen Mann wie mich.«

»Mach dich selbst nicht schlechter als du bist«, wispere ich und streichle seinen Arm. »Gib dir Zeit.« Ich weiß, dass er es schaffen kann, seine Bestie zu bezwingen. Er sollte nur nicht zu seinem »Vater« gehen. Vielleicht kann ich Nitro davon abhalten, denn eine Begegnung mit seinem Schöpfer halte ich nicht für klug. Dieser Mann hat ihn sein Leben lang manipuliert. Nitro sieht in ihm seinen Vater, und lieben Kinder ihre Eltern nicht immer, egal, was sie ihnen antun?

Kapitel 5 – Die Bestie bricht durch

Nitro: »Ich will dich stolz machen, Vater.« Mit wild klopfendem Herzen schaue ich zu ihm auf, während ich an dem massiven Gestell festgekettet bin. Stundenlang musste ich mir einen Film ansehen, immer und immer wieder dieselben Bilder ertragen. Warrior, die in der Todeszone Outsider abschlachten, ihnen die Köpfe abtrennen, sie erschießen. Ärzte wie Vater, die Experimente an den Gefangenen durchführen, Rebellen quälen.

Die Bilder lassen mich kalt, ich fühle kein Mitleid. Unsere Feinde haben es nicht anders verdient.

»Sie sind wie Ratten«, sagt Vater. »Sie sind Abschaum, während du das Beste bist, das je ein Mensch geschaffen hat. Du bist perfekt, ein perfekter Killer, auserkoren, White City zu beschützen.«

Seine Worte erfüllen mich mit Stolz. Ich sehe ihm an, wie zufrieden er mit meinen Fortschritten ist. Ich trainiere härter und länger als die anderen, erhalte spezielle Aufbaupräparate, die mich stärker machen, und genieße weitere Privilegien, wie mein großes Luxusapartment.

Im Gegenzug muss ich mich quälen lassen, Vater besitzt diverse Folterwerkzeuge, die er mit Vorliebe an mir testet. Heute rasen elektrische Impulse durch mich, die jede Körperzelle unter Strom setzen. Diese Qual soll mich abhärten. Vater sagt, mich wird noch Schlimmeres erwarten, sollten die Outsider mich in die Finger bekommen. Ich habe den Auftrag, einen Tages, wenn ich so weit bin, in ihre Stadt zu marschieren, um sie zu vernichten.

Und obwohl ich alles zu haben scheine und eine wichtige Aufgabe habe, fühle ich mich leer, sobald ich allein in meiner Wohnung sitze. Storm, der sich für meinen besten Freund hält und doch nichts von mir weiß, versucht mich zu überreden, in unserer wenigen Freizeit etwas gemeinsam zu unternehmen. Dank eines speziellen Emotionstrainings kann ich mich normal mit den anderen unterhalten und Gefühle sowie Kameradschaft vortäuschen.

Vater sieht es jedoch nicht gerne, wenn ich in Bars gehe. Auch in den Shows soll ich nicht auftreten, denn ich darf mich nicht verraten. Er ist froh, dass die Übertragungen im Moment nicht stattfinden.

Ich bin auch froh, denn dann kann ich mich nicht blamieren. Ich habe zu wenig Ahnung, wie ich mit einer Frau umgehen muss. Frauen waren nie ein Thema.

»Lust könnte dich schwächen«, sagt Vater. »Ich kann jedoch verstehen, dass du sie schwer zügeln kannst. Du bist jung und triebhaft, daher musst du lernen, sie gegen die Outsider einzusetzen. Du könn-

test deine sexuellen Energien nutzen, um ihre Frauen zu foltern und wenn du willst, auch die Männer. Einige Warrior haben großen Spaß daran.«

Mein Herz rast und mein Schwanz pulsiert. Ich weiß, dass ich die Hände von meinem Körper lassen soll, aber ich kann nicht. Ich will mich berühren, ich will diese Lust spüren.

Die Wohnung dreht sich vor meinen Augen, während ich mir heimlich unter der Bettdecke einen runterhole. Schnell und hart stoße ich in meine Hand und denke an Soraja, ich denke an die Frau, die mir gezeigt hat, was für Gefühle möglich sind.

Als sie plötzlich vor meinem Bett steht, schrecke ich auf. Sie ist splitternackt, ein sündhaft schöner Engel. Auf allen vieren kriecht sie zu mir und lächelt verrucht. »Mein Name ist Sonja.«

Da flackert der Screener auf und Vater warnt mich: »Sie manipuliert dich, mein Sohn! Sie verführt dich, sie macht dich schwach. Töte sie, bevor sie deinen Geist vergiftet!«

Oh Gott, wenn Vater erfährt, dass ich mit ihr geschlafen habe, dass ich mit der Feindin im Bett war und es mir gefallen hat!

»Nitro«, wispert sie …

Panisch schaue ich zwischen Vater und ihr hin und her. Er wird mich hassen, er darf es niemals herausfinden!

Meine Hand schnellt hervor und legt sich um Sonjas Hals. Die Klauen bohren sich in ihre zarte Haut, und sie starrt mich angsterfüllt an. »Nicht …«

»Töte sie, Sohn!«, ruft Vater. »Zeig mir, dass deine harte Ausbildung nicht umsonst war. Mach mich stolz.«

Da drücke ich zu, und Blut sprudelt aus ihrem Mund, während ihre Augen anklagend auf mich gerichtet sind. Für einen Moment betrachte ich fasziniert, wozu ich fähig bin, aber dann gräbt sich ein glühender Schmerz in mein Herz.

Nein, nein! Ich bin ein Monster …

Ich wache auf, als die Jalousien automatisch nach oben fahren. Anscheinend ist es Morgen.

Nitro liegt neben mir auf dem Rücken und atmet schwer, sein Gesicht ist angespannt. Offenbar träumt er etwas Schlimmes. Welche Dämonen ihn wohl quälen? Er trägt zu viele in sich.

Keine Frau wünscht sich so einen Mann wie mich, hat er gesagt. Und eigentlich hat er recht. Ich darf niemals vergessen, dass er zu einem Killer ausgebildet wurde.

Als er leise knurrt, fahre ich vorsichtig über seinen Arm. »Nitro …«, wispere ich und betrachte seine angespannten Bauchmuskeln. »Wach a…«

Da reißt er die Augen auf. Seine Iriden glühen, seine Fänge blitzen auf.

»Sonja«, sagt er grollend und beugt sich über mich. »Ich habe dich getötet.« Eine Träne läuft über seine Wange, und ich wische sie weg.

»Getötet?« Er sieht furchterregend aus und macht mir ein wenig Angst. Er wirkt aufgebracht. »Scht, du hast geträumt.«

»Es war so real!« Langsam beruhigt er sich, seine Augen werden klar, die Stimme verliert den rauen Klang und seine Fänge ziehen sich in den Kiefer zurück. »Geht's dir gut? Habe ich dich verletzt?«

Ich fahre über sein Gesicht, streichle über sein Haar und kraule ihn an den Ohren. Ich glaube, das mag er. Seine Sorge wärmt mein Inneres, und ich fühle mich nur noch mehr zu ihm hingezogen. Heute Nacht habe ich mich rettungslos in ihn verliebt. »Mir geht es gut, wirklich.«

Seufzend senkt er die Stirn auf meine und atmet lange aus. »Wirklich?«

»Wirklich, alles bestens.«

»Dein Glück, sonst wärst du jetzt tot«, sagt auf einmal jemand und reißt ihn von mir herunter. Es ist Jax! In voller Kampfmontur steht er mit Crome neben dem Bett, und beide drücken Nitro ihre Pistolen an die Schläfe.

Sofort weiche ich zurück und ziehe mir die Decke bis zum Hals. »Er hat mir nichts getan! Bitte lasst ihn in Ruhe.«

Jax schüttelt den Kopf. »Er hat dich entführt und Rock lahmgelegt.«

»Ist alles okay mit ihm?«

»Ihm geht es bestens, aber er ist verdammt sauer.«

Nitro kneift die Lider zusammen, bleibt jedoch auf dem Rücken liegen und schaut die Krieger böse an. »Wie habt ihr mich gefunden?«

»Storm hat uns verraten, wo du früher gewohnt hast«, erklärt Crome, ohne den Lauf von ihm zu nehmen.

Nitro knurrt leise. Offenbar ist er wütend auf Storm und vielleicht auch auf sich selbst, weil er Jax und Crome nicht gehört hat. Er war abgelenkt. Ich habe ihn abgelenkt.

»Zieh dich an, Sonja, wir bringen dich zurück«, sagt Jax.

»Und was wird aus Nitro?«

»Vor dem Haus steht ein Wagen. Wir werden Nitro hier ins Gefängnis bringen, dort gibt es einen Hochsicherheitstrakt. Danach sehen wir weiter.«

Vehement schüttle ich den Kopf. Ich bin so nah dran, zu ihm durchzudringen. Wenn sie ihn jetzt wegsperren, dann wird er nie ein normales Leben führen. »Ihr dürft ihn nicht wieder einsperren.« Angestrengt kämpfe ich mit den Tränen. Ich will vor den Männern keine Schwäche zeigen, aber diese Rückschläge frustrieren mich.

Nitro bleibt erstaunlich ruhig. »Ist gut, ich komme mit euch.« Er beherrscht das Biest und sieht normal aus, doch in seinen Augen erkenne ich ein Funkeln. Er plant etwas.

»Tu ihnen nichts«, bitte ich ihn und mache mir nicht erst die Mühe, zu flüstern. Die beiden würden es ohnehin verstehen.

»Sind sie dir wichtig?« Er wirft einen überheblichen Blick auf die schwerbewaffneten Krieger, als könnte er sie mit einem Atemzug vernichten.

»Sie sind meine Freunde.«

»Na gut, dann lasse ich sie am Leben.«

***

Zehn Minuten später stehen wir angezogen im Schlafzimmer. Ich zucke zusammen, als der Screener aufflackert und uns eine junge Frau anlächelt. »Einen wunderschönen guten Morgen, liebe Bürger von White City. Ich möchte Sie darauf hinweisen, dass das Westtor heute wegen Bauarbeiten nicht passierbar ist. Bitte benutzen Sie einen der anderen drei Ausgänge, wenn Sie die Kuppel verlassen wollen. Außerhalb haben wir schon vierundzwanzig Grad und herrlichen Sonnenschein …«

Nitro geht zum Bildschirm und stellt ihn ab. Dann schaut er zu Jax und Crome, die sich an der Tür zum Wohnraum aufhalten. Immer noch richten sie die Waffen auf ihn. »Darf ich mich noch von Sonja verabschieden? Unter vier Augen?«

Jax blickt zu mir. »Sonja?«

Ich nicke und halte meine Tränen zurück. »Er wird mir nichts tun.«

»Okay, aber wir stehen vor der Tür. Beim kleinsten Pieps hat er eine Kugel im Kopf.«

Ich folge Nitro ins Badezimmer. Kaum hat er abgeschlossen, öffnet er leise die Tür an dieser dosenförmigen Dekontaminationskammer. Gleich dahinter gibt es eine zweite Tür. Er zieht mich hinein, presst mich an seinen Körper und schließt uns ein. Es ist verdammt eng in dem Ding.

»Was wird das?« Er hätte mich doch auch im Badezimmer umarmen können.

»Wir hauen ab. Halte dich an mir fest.«

Noch bevor ich fragen kann, wie er das meint, hat er auf einen Knopf gedrückt – und ein Zischen ertönt. Kurz darauf tut sich der Boden unter meinen Füßen auf.

Schreiend klammere ich mich an ihn. Wir stürzen ab!

Nein, der Boden ist noch da, wir befinden uns allerdings im freien Fall in einer Art Kapsel. Das hier ist eine gigantische Rohrpost!

Es ist fast dunkel in dem Zylinder, nur ein kleines Lämpchen erhellt den engen Freiraum. Ich kralle mich an Nitro, während er mich weiterhin hält und wir durch ein gigantisches Rohr jagen – nehme ich an. Unsere Lage ändert sich, das Rohr hat einen Knick gemacht, denn nun liege ich auf ihm.

»Wo werden wir rauskommen?«

»In Vaters Labor.«

Oh Gott! Genau dort möchte ich am allerwenigsten sein. »Was, wenn Jax und Crome uns folgen?« Jetzt wünsche ich mir, die erfahrenen Krieger an meiner Seite zu haben. Nitro will tatsächlich zu diesem Psycho!

»Können sie nicht. Gleich nach unserem Start wurde die Tür der Abschusskammer automatisch verriegelt. Sollten sie es schaffen, sie zu öffnen, liegt ein tiefer Tunnel vor ihnen. Das dürfte sie wohl erst mal abhalten. Falls sie dennoch ins Rohr klettern, strömt Giftgas aus.«

Hoffentlich passiert ihnen nichts!

»Ich hätte nicht gedacht, dass ich dieses System einmal benutzen würde.

Eigentlich war es dazu gedacht, innerhalb von Sekunden abrufbereit zu sein, falls ich einen Spezialeinsatz bekomme, aber es kam jetzt wie gerufen, da ich ohnehin zu Vater muss.«

Als wir abgebremst werden, rast mein Herz. Ich liege weiterhin auf ihm, bis wir stehen und die Tür geöffnet wird. Schon wieder ragen uns Gewehrläufe entgegen, nur sind die sechs Männer diesmal keine Warrior, zumindest besitzen sie nicht deren Statur. Sie tragen schwarze Overalls und sind vermummt. Beinahe erinnern sie mich an die früheren Rebellen, zu denen ich auch gehört habe.

»Das ist Cal!«, höre ich eine ältere Männerstimme, bevor die Wachen zurücktreten und den Blick auf »Vater« freigeben. Er trägt einen Arztkittel und lächelt, strahlt dabei jedoch keine Wärme aus. »Der verlorene Sohn kehrt zurück. Wieso hast du das System benutzt?«

»Ich musste fliehen.«

Der alte Mann hebt die grauen Brauen. »Wen hast du dabei?«

Nitro hilft mir aus der Box und schiebt mich hinter sich. Wir befinden uns offenbar unter der Erde. Der Raum ist fensterlos, grelles Licht strahlt von der Decke. »Das ist eine Frau aus Resur. Sie ist meine Geisel.«

Eine Frau … Das klingt unpersönlich, als würden wir uns nicht kennen. Überhaupt hört sich seine Stimme völlig anders an. Mechanisch. Ich hoffe, er verstellt sich bloß.

»Durchsucht sie. Beide!«, befiehlt der Doktor.

Sofort werden wir abgetastet. »Sie sind sauber.«

»Wieso lebt sie noch?« Der Arzt geht um mich herum und mustert mich. Dabei kann ich das Namensschild auf seinem Kittel lesen: Dr. Bolton.

»Der Krieg ist vorbei, Vater.«

Der alte Mann wirbelt zu ihm herum. »Er ist nie vorbei, Callan! Die Outsider mögen White City eingenommen und unsere Senatoren eingesperrt haben, aber nicht alle haben sich ergeben. Es gibt genug, die im Untergrund weiterkämpfen.« Stolz drückt er die Brust hervor. »Wir sind der Widerstand. Jetzt arbeiten wir im Verborgenen, bis wir einen Plan entwickelt haben, um die Macht wieder an uns zu reißen.«

Oh mein Gott, ich wusste es! Wir haben es alle geahnt. Ich muss Julius informieren und Mark!

»Können wir nicht in Frieden zusammen leben?«, fragt Nitro. Seine Stimme klingt weiterhin kühl, doch seine Worte schenken mir Hoffnung. »Ich habe die Outsider gesehen. Sie sind … einfach nur gewöhnliche Menschen.«

Vaters Lider verengen sich. »Sie haben uns unsere Stadt weggenommen! Unser Leben!« Er dreht sich um und bedeutet Nitro, ihm zu folgen. Die sechs Wachen begleiten uns.

Während wir durch kahle Flure schreiten, schaue ich durch die Fenster der zahlreichen Türen. Ärzte hantieren in Laboren mit Reagenzgläsern und Mikroskopen, in anderen Räumen befinden sich Lager, Käfige, Trainingshallen …

»Wir haben ihnen Wasser und Medizin verweigert, obwohl ihre Vorfahren White City aufgebaut haben«, sagt Nitro. »Es ist kein Wunder, dass sie etwas davon zurückhaben wollen.«

»Sieh sie dir doch an, diese verseuchten Kreaturen! Ihr Äußeres mag hübsch und unschuldig wirken, aber in ihrem Kopf sind sie krank, allesamt.« Während mir Dr. Bolton einen teuflischen Blick zuwirft, treten wir durch eine automatische Tür in einen gefliesten Raum. »Was ist nur los mit dir? Hat die jahrelange Ausbildung nicht gefruchtet? Du bist wie ausgewechselt.«

»Er hat eben erkannt, dass er belogen wurde!«, rufe ich, da ich vor Zorn koche.

Der alte Mann zuckt kurz, beachtet mich allerdings nicht weiter. Stattdessen schreitet er auf ein massives Eisengestell zu, ein quadratischer Rahmen, der mitten im kahlen Raum steht. Dicke Ketten hängen daran, auf dem Boden darunter befindet sich ein Abfluss. Mein Magen verkrampft sich. Er wird Nitro doch nicht wieder foltern?

»Wieso bist du überhaupt zurückgekommen?«, will Bolton von ihm wissen.

»Ich brauchte neue Befehle, mehr Informationen über den Widerstand und Medizin, meine Tabletten, Vater. Ohne Medikamente habe ich mich kaum unter Kontrolle.«

»Du bist perfekt, wie ich dich geschaffen habe. Vergiss die Tabletten, dein wahres Ich muss nicht mehr zurückgedrängt werden, im Gegenteil. Wir werden daran arbeiten, es zu formen und dich wieder auf Kurs zu bringen.«

Oh Gott, er will ihn weiterhin abrichten! »Hör nicht auf ihn, Nitro!«

Ich berühre ihn am Arm, doch er macht sich von mir los. Seine Iriden flackern.

»Bitte, Nitro«, sage ich leise. »Konzentriere dich, dränge es zurück.«

»Töte sie, Sohn, um mir zu beweisen, dass du weiterhin loyal zu mir und unserer Sache stehst.«

Die Wachen richten die Waffen auf ihn, während ich rückwärts durch den Raum gehe und mich an die geflieste Wand presse. Jax und Crome wären das kleinere Übel gewesen.

Nitros Gesicht ist komplett verwandelt, auch seine Krallen sind ausgefahren. »Du verlangst ein weiteres Opfer, Vater? Hat Fox nicht ausgereicht?«

»Offenbar nicht, Cal«, zischt er. »Sieh dich an, du enttäuschst mich.«

»Ich will dich stolz machen, Vater.« Er wirft einen tödlichen Blick auf mich, wobei sich seine Nasenflügel blähen.

»Ja, du witterst ihre Angst.« Bolton kichert wie eine Hexe und wirkt zum ersten Mal aufrichtig erfreut. »Sieh nur, wie sie sich in die Ecke drängt, wie ein gejagtes Tier. Das weckt deine Triebe, nicht wahr?«

»Ja«, knurrt er.

»Nicht, Nitro«, wispere ich, während der Arzt den Wachen einen Wink gibt. Sie zerren mich zum Gestell, und obwohl ich mich mit aller Kraft wehre, habe ich keine Chance. Sie fesseln mich mit den massiven Eisenschellen, sodass ich wie ein X daran befestigt bin.

Flehend schaue ich Nitro an. Mein Puls rast, das Herz donnert in meiner

Brust und meine Zähne schlagen aufeinander, so sehr zittere ich. »Bitte hilf mir!« Aber er richtet weiterhin seinen irren Blick auf mich. Das Biest ist zurück. Alles, was zwischen uns war, scheint er vergessen zu haben.

»Lasst uns allein und schließt die Tür!«, befielt Bolton den Wachen.

Als wir nur noch zu dritt sind, zieht er einen Stift aus dem Kittel. Er drückt auf einen Knopf, und prompt flackern kleine Lichtblitze an der Spitze auf.

Ich schnappe nach Luft, Flecken tanzen vor meinen Augen. Das ist kein Stift, dort drin steckt Elektrizität!

Als er mich damit am Hals berührt, schreie ich auf. Ein brennender Stich rast durch meinen Körper. Es fühlt sich an, als würde ein Feuer in mir wüten, jede Zelle verbrennen. Ich will atmen, doch ich kann nicht, für einen Moment bin ich wie gelähmt, jeder einzelne Muskel verkrampft.

»Du glaubst, das waren Schmerzen? Das war die leichteste Stufe.« Er lacht böse. »Später wirst du dir noch wünschen, ich würde dich damit streicheln.«

Ob früher Nitro an diesem Gestell gehangen hat und er dasselbe erleiden musste? Dann müsste er wissen, wie ich mich gerade fühle!

Ich kann kaum schlucken, mir ist schlecht. Als sich die Eisenschellen in meine Haut graben, wird mir bewusst, dass mich meine Füße nicht mehr getragen haben. Mit letzter Kraft stelle ich mich hin, um meine schmerzenden Gelenke zu entlasten.

»Kann ich sie nicht als Spielzeug behalten?«, fragt Nitro grollend und schnüffelt an mir. Seine Hände legen sich an meine Taille, und ich spüre, wie mich seine Krallen durch das Shirt piksen. »Sie riecht gut.« Seine Zunge flattert über das brennende Mal an meinem Hals, während mir Tränen über das Gesicht laufen. Ich erkenne ihn nicht wieder.

»Sie hat dich manipuliert!«, ruft Bolton und drückt Nitro den Elektrostab an die Schulter.

Er zuckt kurz und knurrt: »Ja, das hat sie.« Abrupt weicht er vor mir zurück, denn der elektrische Impuls scheint ihm nichts ausgemacht zu haben.

»Nitro, bitte, erinnere dich!« Intensiv schaue ich ihm in die gelben Augen. Er muss doch noch irgendwo da drin stecken. »Du bist kein Monster!«

Der Arzt schiebt mir den Stift in den Mund. Er schlägt an meine Zähne, und ich drehe schnell den Kopf. Der Stab gleitet heraus, Bolton grinst.

»Nein, so leicht mache ich es dir nicht.« Er wendet sich an Nitro, der mir keinen Blick mehr schenkt.

»Du wirst sie töten, um deine Loyalität zu beweisen. Erst sie, dann alle anderen, die sich uns in den Weg stellen.«

Ein wenig Grün mischt sich in das Gelb seiner Iriden, und ich schöpfe neue Hoffnung.

»Gibt es etwas, das ich über sie wissen muss?« Bolton schaut ihn streng an. »Ist sie in Resur eine wichtige Person?«

Nitros Hände ballen sich zu Fäusten und die Krallen dringen in das Fleisch seiner Handflächen, woraufhin Blut auf den Boden tropft. »Sie ist

Ingenieurin und hat einen Sohn.«

»Hast du etwa Mitleid?«, donnert der Alte. »Ihr Kind wird dein nächstes Opfer sein.«

Ich keuche auf. »Nicht Noel!« Erneut verschwimmt meine Sicht, die Angst um mein Baby frisst mich auf. Schluchzend bringe ich hervor: »Bitte, Nitro, mach mit mir, was du willst, aber tu Noel nichts. Du hast es mir versprochen!«

Der Arzt schmunzelt. »Ist es nicht herrlich, wie sie flehen und betteln können? Das ist Musik in meinen Ohren.« Abrupt verschwindet sein Lächeln und er stellt sich hinter mich.

Hektisch atme ich durch den Mund. Was hat er vor?

Da greift er in mein Haar und reißt meinen Kopf zur Seite, sodass Nitro, der vor mir steht, mein Hals dargeboten wird. »Und jetzt töte sie! Langsam und schmerzvoll. Ich will sie schreien hören, stundenlang.«

»Du bist kein Monster«, wispere ich mit letzter Kraft unter Tränen. »Bitte erinnere dich. Erinnere dich an uns. Du bist … kein Monster.«

Er tritt so nah zu mir, dass sich unsere Nasenspitzen fast berühren, und knurrt: »Doch, das bin ich.« Blitzschnell greift er an meinem Kopf vorbei, und ich höre hinter mir ein Würgen. Dabei sieht er mir die ganze Zeit in die Augen.

Seine Iriden spielen verrückt, als ob sie sich nicht entscheiden können, welche Farbe sie annehmen sollen. Zeitgleich füllen sich seine Augen mit Tränen.

Das Würgen und erstickte Keuchen in meinem Rücken wird schwächer und Boltons Finger rutschen aus meinem Haar, doch Nitro nimmt nie den Blick von mir, bis ich hinter mir ein Poltern höre. Dann öffnet er die Fesseln, und ich gleite in seine Arme.

Oh Gott, er hat mich gerettet, er hat mich tatsächlich befreit! Weinend dränge ich mich an ihn, während er mich hält. »Ich habe geglaubt …« Meine Worte ersticken unter den Schluchzern, und ich will nur noch hier raus.

Obwohl mich meine Beine weiterhin kaum tragen wollen, mache ich mich von ihm los. Seine Augen sehen wieder normal aus, auch die Krallen und Fänge sind verschwunden.

Hinter mir liegt der Arzt und bewegt sich nicht mehr. Sein Hals ist blutverschmiert. »Ist er tot?«

Nitro nickt und schenkt dem Mann, den er seinen Vater nennt, lediglich einen kurzen Blick. Aber in seinem Gesicht spiegeln sich so viele Emotionen. Wut, Trauer, Erleichterung, Scham … Er kämpft mit seinen zwei Seelen.

»Ich will nach Hause«, sage ich schnell und nehme seine Hand, weil ich Angst habe, das Biest könnte zurückkehren.

In diesem Augenblick öffnet sich die Tür, und der erste Wachmann stürmt herein.

Nitro reagiert sofort. Er drückt mich zur Seite und reißt dem Mann das Gewehr aus der Hand. Das Schulterstück der Waffe rammt er der vermummten Gestalt an den Kopf. Sie geht sofort zu Boden, doch weitere Männer sind im Anmarsch.

Nitro aktiviert einen Notschalter neben der Tür und versiegelt sie. »Hier kommt keiner mehr rein.«

»Aber wir kommen auch nicht mehr raus!« Durch das Glasfenster erkenne ich, wie immer mehr Wachen in den Gang strömen. Sie feuern auf die Tür, doch die Scheibe bekommt nicht einmal einen Kratzer ab. »Wir sind gefangen!«

Nitro nimmt dem auf den Boden liegenden Wachmann sämtliche Waffen ab, darunter auch eine Pistole, die er mir gibt. »Kannst du damit umgehen?«

Ich nicke. Julius hat mir das Schießen beigebracht, als ich die langen Monate im Untergrund verbracht habe.

»Du schießt auf jeden, der reinkommt!«

Er läuft an der kahlen Wand entlang und donnert mit der Faust dagegen. »Es gibt in fast jedem Raum Fluchtwege.« Offenbar sucht er zwischen den Fliesen nach einem Spalt. »Hier ist ein Hohlraum!«

Gott sei Dank! Meine Hand zittert so stark, dass ich die Waffe kaum auf die Tür richten kann. Mir ist klar, dass wir zu zweit keine Chance gegen diese Übermacht haben. Wir werden hier sterben, sollte Nitro …

»Es ist offen, komm!«

Als ich mich zu ihm umdrehe, hat er mich bereits am Arm gepackt und zerrt mich durch ein quadratisches Loch in die Dunkelheit. »Wir befinden uns nah an der Stadtgrenze.«

»Warst du schon einmal hier unten?« Es riecht nicht feucht oder modrig wie in der Kanalisation.

»Nein, aber ich habe die Karten gesehen, auf denen die Wege verzeichnet sind.« Er zieht mich weiter, und mir bleibt nichts anderes übrig, als zu laufen. Ich sehe nichts und vertraue darauf, dass Nitro genug erkennt.

Als er plötzlich stehen bleibt, reißt er mich an der Hand zurück. »Warte!«

»Was ist?« Mein Herz klopft laut in den Ohren, sodass ich außer meinem rasenden Puls nichts höre. Werden wir verfolgt?

»Der Weg teilt sich. Ich weiß, dass einer in die Stadt führt, zu einem Bunker, der andere nach draußen, in die Outlands.« Geräuschvoll zieht er die Luft ein und geht hin und her, dann entscheidet er sich für den rechten Gang.

Erneut werde ich durch die Dunkelheit gezerrt, minutenlang, bis er erneut stehen bleibt. »Hier ist eine Leiter, warte.«

Er lässt mich los, und ich fühle mich verloren in der Finsternis; wenige Sekunden später höre ich ein quietschendes Geräusch über mir, danach dringt grelles Licht an meine Augen. Dort oben, in etwa drei Meter Höhe, ist tatsächlich ein Ausgang! Ich sehe den blauen Himmel.

Rasch klettere ich die rostigen Sprossen hinauf, und Nitro zieht mich aus dem Loch. Wir stehen irgendwo in der Wüste, und ich muss meine Augen abschirmen. Die Sonne knallt gnadenlos auf uns herunter, die Luft flirrt und ich kann kaum atmen. Hinter uns erkenne ich die gewaltige Kuppel, vor uns ist nichts als ödes Land, ein paar Kakteen und trockene Büsche. Resur muss auf der anderen Seite liegen.

Nachdem Nitro die Klappe geschlossen hat, ist der Ausgang fast nicht zu erkennen. Gras, Sand und Erde tarnen ihn perfekt.

Er schleppt einen großen Stein an und legt ihn auf die Tür. Weitere folgen, und ich helfe ihm so gut ich kann. Nur haben mich Angst und unsere Flucht geschwächt, ein Frühstück oder etwas zu trinken hatte ich auch noch nicht.

Nitro hingegen wirkt kein bisschen erschöpft. »Da kommt keiner so schnell raus«, sagt er und wischt sich die staubigen Hände ab.

Schwer atmend schaue ich zur Kuppel. Ob Jax und Crome darin noch nach uns suchen? Da wir nicht die normalen Ausgänge benutzt haben – die Warrior sind sicher über uns informiert worden –, weiß keiner, wo wir sind.

Nitro legt einen Arm um mich und deutet blinzelnd auf White City. »Resur liegt in dieser Richtung.« Auch er hat Mühe, die Augen offenzuhalten. Für seine empfindlichen Sinne ist die Sonne noch viel brutaler. Normalerweise verlasse ich nie ohne Kopfbedeckung und einer Sonnenbrille die Pyramide.

»Ich habe dir versprochen, dich nach Hause zu bringen.« Ernst schaut er mich an, und das Biest scheint meilenweit entfernt. Ich bin so glücklich, dass wir aus dem Horror-Labor entkommen konnten und er bei mir ist. Wenn ich nicht solch einen Durst hätte, würde ich ihn küssen, doch mein Mund ist staubtrocken.

Er zieht sich sein Shirt ab und wickelt es um meinen Kopf.

»Die Sonne wird deine Haut verbrennen«, sage ich und möchte es ihm zurückgeben, aber er besteht darauf, dass ich es behalte.

Die Narben auf seinem Körper erinnern mich wieder an den teuflischen Arzt. »Ich hab wirklich geglaubt, du wolltest mich töten. Du bist ein exzellenter Schauspieler.«

»Das war nicht alles gespielt, und das weißt du. Ich habe deine Angst gewittert.« Er nimmt meine Hand, und wir marschieren über den heißen Boden. Langsam tauchen die ersten Ruinen hinter der Kuppel auf. »Für einen Moment habe ich tatsächlich überlegt …« Er wendet den Kopf ab und senkt die Stimme. »Ich weiß nicht mehr, wer ich bin, Sonja.«

Hätte er mich tatsächlich töten können? Ja, vielleicht. Sein Leben lang wurde er zum Killer gedrillt, sie haben ihn manipuliert und einer Gehirnwäsche unterzogen, doch seine Gefühle zu mir haben ihn verändert, haben seine Einstellung verändert.

Vermutlich wirken wir wie ein normales Paar, während wir Hand in Hand durch die Wüste gehen, aber mir wird bewusst, dass wir niemals ein normales Paar sein werden. Doch das nehme ich in Kauf. Ich male mir bereits aus, mit ihm in einem dieser Häuser in der neuen Wohnsiedlung zu leben. Den Antrag habe ich bereits vor Wochen gestellt, für Noel, Mom und mich. Für Nitro wäre bestimmt auch Platz. Samantha muss etwas tun können. Sicher kann sie seine Tabletten besorgen. Ich werde ihnen zeigen, wie sie das Labor aufspüren können.

»Du kannst doch herausfinden, wer du bist«, sage ich und drücke seine Hand. »Ich würde dir gerne dabei helfen.« Oh Gott, es ist so heiß, ich bekomme kaum Luft und schwitze.

»Ich bin eine Gefahr für dich. Meinetwegen hat Vater dir wehgetan. Ich hätte es mir nie verziehen, wenn …« Er blickt in die Ferne und deutet auf die gigantische Ruine eines ehemaligen Hotels. »Dahinter liegt der Bahnhof, oder?«

»Ja.« Wir haben noch einen längeren Weg vor uns und ich weiß nicht, ob ich so weit laufen kann. Der Vorfall im Labor hat mir sämtliche Energien geraubt.

Als ich stolpere, fängt Nitro mich auf. »Ich nehme dich huckepack.«

»Nein, ich schaff das schon irgendwie.«

Er lächelt mich an und geht in die Hocke. »Keine Widerrede. Aufsetzen, Mylady.«

***

Der verrückte Kerl ist durch die Wüste gelaufen, als würde ihm die Hitze nichts ausmachen und ich nichts wiegen. Wir haben kein Wort mehr gesprochen, und ich genieße es, ihm so nah zu sein. Er steckt voller Kraft, die ihm nie auszugehen scheint. Er hat mich gerettet und bringt mich nach Hause … Doch was wird ihn in Resur erwarten? Nach dem Vorfall in seiner Wohnung werden sie ihn garantiert wieder einsperren.

Auf der Bahnhofsplattform setzt er mich im Schatten ab. Die Monorail steht bereit. Zwar ist am Zug der Lack abgeblättert, ein paar Scheiben fehlen und die Sitzbänke haben teilweise keine Polster mehr, aber er tut seinen Dienst. Ob Jax und Crome ebenfalls damit rausgefahren sind? Sie könnten auch die Shuttles aus White City nutzen, leider sind sie oft nicht frei. Erkundungsflüge oder Noteinsätze haben Vorrang.

Ich ziehe mir sein Hemd vom Kopf, um mir damit den Schweiß aus dem Gesicht zu wischen. Dabei steigt mir sein Duft in die Nase. »Oh, tut mir leid.«

Er grinst schief und nimmt mir das Shirt ab, obwohl ich es am liebsten nicht mehr hergeben möchte, sondern nur noch meine Nase darin versenken. Er schnuppert ebenfalls daran, murmelt etwas, das sich wie »Jetzt habe ich ein Andenken« anhört, und zieht es sich über.

»Komm«, sage ich, wobei ich nach seiner Hand fasse. »Ich habe einen Riesendurst und du bestimmt auch.«

Kopfschüttelnd blickt er auf seine Stiefelspitzen. »Ich komme nicht mit.«

Mein Magen ballt sich zusammen. »Hast du Angst, dass sie dich wieder wegsperren? Ich bin mir sicher, wir finden eine Lösung.«

»Das ist es nicht. Nicht allein.«

»Was dann?«, frage ich leise.

»Ich stand mehrmals kurz davor, dich zu töten. Und heute … Wenn du nicht mehr leben würdest …« Er räuspert sich und blickt mir in die Augen. »Ich werde irgendwo hingehen, wo ich niemandem schaden kann.«

»Wohin?«, wispere ich, während mein Herz viel zu heftig schlägt. »Zurück nach White City?«

Er seufzt tief. »Ich gehöre weder dorthin noch in deine Welt. Es ist wohl besser, ich halte mich von allen Menschen fern.«

»Nitro … Du darfst nicht allein sein. Du brauchst jemanden, der dir hilft. Du brauchst mich!« Ich strecke den Arm aus, um über seine Wange zu fahren. Meine Augen brennen und der ziehende Schmerz in meiner Brust fühlt sich schlimmer an als der Impuls aus dem Elektrostab. »In Resur gibt es Ärzte, die dir auch helfen können. Samantha hat noch eine dieser Tabletten. Sie kann bestimmt die Zusammensetzung herausfinden und …«

»Vater hat Jahre an der richtigen Dosis und Zusammensetzung geforscht. So einfach geht das nicht.« Er legt den Kopf schräg und schmiegt die Wange in meine Hand. Ich merke, wie sehr er sich nach einer zärtlichen Berührung sehnt. Will er wirklich darauf verzichten? Das würde ihn zurück in die Klauen des Biestes treiben. Er wäre allein mit seinen Dämonen.

Nein, er darf nicht gehen! »Aber …«

»Mein Entschluss steht fest, Sonja.« Er zieht mich an seinen heißen Körper, fasst in meinen Nacken und küsst mich. Dabei schließt er nicht die Augen, sondern starrt mich unentwegt an.

Ich schmelze an seinen sinnlichen Lippen dahin und wünsche mir, dieser Kuss würde niemals enden. Ist hier, an diesem verlassenen Bahnhof in den Outlands, alles vorbei? Ich werde ihn nie wieder sehen?

Ich grabe meine Finger in sein Haar, aber dann streiche ich über seinen Rücken, berühre seine Haut, atme tief ein. Ich will mitnehmen, so viel ich kann.

Seine Iriden sind klar, Nitro ist ganz bei mir. Er allein hat diese Entscheidung getroffen. Ob ich ihn vielleicht doch noch umstimmen kann?

»Ich werde dich jeden Tag küssen, wenn du bleibst. Ich werde dich streicheln und verwöhnen und dir einen Kuchen backen. Ich will für dich da sein, Nitro. Egal, wer oder was zwischen uns steht.« Meine Kehle schnürt sich zu und ich schlucke hart. »Ich will dich nicht verlieren.«

»Leb wohl, Sonja«, flüstert er an meinen Lippen und schenkt mir noch einen innigen Kuss.

Bevor ich etwas sagen kann, dreht er sich um und joggt davon. Er verschwindet hinter den Ruinen und lässt mich weinend und mit gebrochenem Herzen zurück.

Kapitel 6 – Löwen und Löwenbändiger

Nitro: Ich irre in einer Art Zwischenwelt herum, hause in Ruinen und ernähre mich von wilden Tieren, die sich im Schutt vor mir und der glühenden Hitze verstecken. Nachts plagen mich wirre Träume von Vater, Fox und Sonja. Meinetwegen hängt sie blutend an der Foltereinrichtung, an der ich selbst so viele Stunden meines Lebens verbracht habe. Ich muss mich von ihr fernhalten, genau das will dieser Traum mir sagen.

Sonja hat mir die Augen geöffnet. Sie hat mir gezeigt, welchen Weg ich gehen soll. Nur, wo liegt mein Ziel? Wo gibt es einen Ort für solch ein Ding wie mich?

Ich fühle keine Reue, weil ich Vater getötet habe, sondern Verwirrung. Ich weiß nicht mehr, wo ich hingehöre. Ich passe weder in die eine noch in die andere Welt.

Am ehesten gehöre ich zu Sonja. Sie ist die Einzige, die ich vermisse, die mich versteht und die zu mir gehalten hat. Ich kann sie einfach nicht vergessen.

Drei Wochen ohne ein Lebenszeichen von Nitro … Bald drehe ich durch. Wenn ich nur wüsste, ob es ihm gutgeht!

Was ist aus ihm geworden? Hat die Bestie Oberhand gewonnen? Oder ist er in der Wüste umgekommen? Dort draußen gibt es zu viele Gefahren. Hitze, kein Wasser, Giftschlangen.

Wenn ich durch Resur gehe, glaube ich, seine Blicke auf mir zu fühlen. Überall sehe ich ihn, doch sind es lediglich andere Warrior, die sich unsere Stadt anschauen oder hier Arbeit suchen. Ich werde noch verrückt …

»Sonja?« Miraja greift über den Tisch nach meiner Hand und lächelt mich an. »Du bist schon wieder meilenweit weg.«

»Entschuldigung.« Wir sind in ihrem Haus und besprechen die Pläne für unser Kinderheim, bloß kann ich mich überhaupt nicht konzentrieren. Sie weiß genau, was mich beschäftigt, aber ich will nicht mehr über Nitro reden. Das macht es nicht leichter für mich. »Was ist bei den Untersuchungen herausgekommen?«, frage ich daher, um mich abzulenken. Miraja und Crome waren vor Kurzem mit Samantha im White City Hospital. Sie wünschen sich ein Kind, doch es könnte nur mit einer künstlichen Befruchtung klappen.

Sie strahlt. »Es sieht gut aus. Sam glaubt, es könnte funktionieren.«

Ich wünsche es mir so sehr für die beiden.

Miraja lächelt mich selig an. »Sam ist großartig, oder?«

»Ja, das ist sie.« Ich bin natürlich sofort zu ihr und Mark gegangen, nachdem Nitro mich zurückgelassen hat, und habe ihnen vom Widerstand und dem Labor berichtet. Zwei Stunden später sind Jax und Crome gesund und munter aus White City zurückgekehrt und waren froh, mich wohlauf zu erblicken. Ich habe ihnen versichert, dass Nitro mir niemals geschadet hätte, doch nachdem ich ihnen erzählt habe, was sich im Labor ereignet hat, haben sie sofort einen Suchtrupp zusammengestellt. Sie halten Nitro für unkontrollierbar gefährlich.

Eine Woche später haben sie die Suche eingestellt, da sie keine Spur von ihm gefunden haben. Er ist wie vom Erdboden verschluckt. Offenbar hat er die Gegend tatsächlich verlassen.

Samantha hat mir ein pflanzliches Präparat zur Beruhigung gegeben, aber meine Nerven zittern trotzdem. Ich vermisse ihn so sehr. Doch ich muss nach vorne blicken, mich auf mein Leben konzentrieren, auf mein Kind und meine Zukunftspläne.

»Wann kommt Crome wieder?«, möchte ich wissen und werfe einen Blick durch die verglaste Veranda in den Garten. Dort sitzt Mirajas Ziehtochter Kia und bastelt an ihrer Armbrust herum. Das zwölfjährige Mädchen hat hier ein neues Zuhause gefunden.

Nitro hätte das bei mir auch.

»Heute Abend.« Miraja lächelt. »Manchmal frage ich mich, ob er mit mir oder mit Jax verheiratet ist. Die zwei stecken ständig zusammen, und am liebsten erkunden sie mit dem Shuttle die Gegend. Im Herzen sind sie Krieger, und doch benehmen sie sich manchmal wie Jungs.«

»Sie leisten viel für Resur.« Seufzend lasse ich den Blick durch ihr Häuschen wandern. Die beiden haben es sich schön gemacht und die Wände in kräftigen Farben gestrichen. Ich sehe Miraja an, wie glücklich sie mit Crome ist, und wenn jemand Glück verdient hat, dann sie. Dennoch bin ich ein wenig eifersüchtig. Solch ein Glück hätte ich gerne mit Nitro. Aber ich habe mein Kind und meine Mutter, wir sind eine Familie. Trotzdem wünsche ich mir manchmal, kräftige Arme würden sich um mich legen, wenn ich einschlafe. Ich war zu lange allein, und meine Sehnsucht nach Geborgenheit und ja, auch nach Sex, wird jeden Tag stärker. Jetzt weiß ich, wie schön und innig es mit einem Mann sein kann. Ich bin kein Kind mehr wie damals, ich bin eine Frau mit Bedürfnissen. Mit Gefühlen. Mit Wünschen.

Ich stehe vom Tisch auf und bedanke mich für den Tee. »Mal sehen, wo Noel sich herumtreibt. Wir wollten zusammen Mittagessen, das hab ich ihm versprochen.« In der Eingangshalle der Pyramide gibt es verschiedene Cafés, Restaurants und Läden, und es ist für Noel immer ein besonderes Ereignis, wenn wir dort sind. Er fragt mich ständig nach Nitro und ob er uns mal besucht, doch was soll ich meinem Kind erzählen? Er hält ihn für einen Helden, wie alle Warrior. Er hat keine Ahnung, wie gefährlich er ist.

Miraja bringt mich zur Tür, und Kias schwarzer Pferdeschwanz hüpft an mir vorbei. »Ich geh ein bisschen Klapperschlangen jagen«, sagt sie, schultert den Köcher mit den Bolzen und ist vor mir zur Tür raus.

»Bei der Hitze?«, ruft ihr Miraja hinterher.

Heute ist tatsächlich ein besonders heißer Tag, und ich hoffe, Noel hat seine Trinkflasche dabei.

Kia geht durch den kleinen Vorgarten auf die Straße zu. »Bin höchstens eine Stunde weg!«

»Hast du keine Angst um sie?«, frage ich Miraja, während ich meinen Strohhut und die Sonnenbrille aufsetze.

»Ich bin schon viele Tode gestorben, glaube mir. Aber in ihrem Herzen bleibt Kia wohl immer ein Straßenkind, das kann ich nicht ändern. Zum Glück weiß sie sich zu helfen.«

Ich habe gesehen, wie meisterlich sie mit ihrer Armbrust umgehen kann. Wahrscheinlich braucht man sich um sie wirklich weniger Sorgen zu machen als um andere. »Es wird Zeit, dass wir all den Kindern dort draußen endlich ein Zuhause geben können.«

Als plötzlich ein großes Auto mit quietschenden Reifen vor uns hält, wirbeln wir zur Straße herum. Kia springt gerade noch zur Seite und flucht wie ein Cowboy.

Annes blonder Schopf schaut aus dem Fenster des Pickups. »Löwen haben in der Peterson Gasse ein paar Kinder eingekesselt. Noel ist auch dabei!«, ruft sie. »Ich hole Hilfe!« Die Reifen drehen durch – weg ist sie.

Oh Gott, Noel! Nein, bitte nicht! Das, wovor ich immer Angst hatte, ist eingetroffen.

»Nichts wie hin!«, ruft Kia und winkt uns.

Ich fühle mich völlig hilflos und weiß nicht, was ich tun soll. Ich kann nicht sprechen, bringe nicht einmal ein stotterndes Wort hervor und bin wie gelähmt. Am liebsten würde ich mich auf den Boden setzen, denn meine Beine wollen mich kaum noch tragen.

Miraja ist bleich im Gesicht und drückt sich eine Hand an den Unterleib. »Ich habe eine Waffe im Haus. Nimm sie mit.« Sie läuft hinein und kommt wenige Augenblicke später mit einem Revolver zurück. »Ich werde versuchen, über Funk einen der Warrior zu erreichen. Rock müsste in Resur sein. Rette deinen Sohn. Und bring mir auch Kia heil wieder!«, ruft sie mir nach, denn ich laufe bereits dem Mädchen hinterher, die schwere Waffe in der Hand.

»Wo ist die Gasse?«, frage ich sie, wobei ich meine Beine plötzlich nicht mehr zu jedem Schritt zwingen muss. Ich will nur noch mein Kind retten.

Ihre blauen Augen glühen regelrecht, als würde sie sich auf den bevorstehenden Kampf freuen. »Nicht weit von hier. Wir werden sie retten. Ich habe schon öfter einen Löwen geschossen.«

Ich habe noch nie ein Leben ausgelöscht, doch die grausamen Bilder vom Kampf auf der Zuckerrohr-Plantage sind sofort wieder da. Ich habe auf Drohnen gefeuert, fliegende Objekte, die uns töten wollten, nicht auf Menschen. Nach diesem schrecklichen Einsatz, bei dem Crome fast umgekommen wäre, habe ich keine Waffe mehr angerührt. Ich bin keine Kämpferin, zumindest keine, die an vorderster Front bis zu den Knöcheln im Blut steht. Ich agiere lieber hinter den Kulissen, helfe bei technischen Problemen, baue von mir aus Sprengkörper – aber ich bin keine Soldatin, auch wenn Julius eine in mir gesehen hat.

In meinem Herzen bin ich wie eine Löwin. Ich habe alles getan, um das Leben meines Sohnes zu retten, und das habe ich auch jetzt vor.

Wir laufen durch geräumte Straßen, auf denen kaum Autos fahren, denn viele gibt es in Resur nicht, und biegen in eine verwahrloste Gegend ab. Hier lebt niemand, denn die meisten Häuser sind baufällig und dürfen nicht betreten werden.

Plötzlich höre ich Schreie und Hilferufe.

»Wir sind da«, sagt Kia und hält zwischen zwei eng zusammenstehenden Häuserruinen an. Die Gebäude haben nur noch vier Stockwerke, der Rest ist dem Krieg oder der Erosion zum Opfer gefallen. Die Passage ist eine Sackgasse, denn ein Schuttberg versperrt im hinteren Teil den Weg. Davor stehen drei ausgezehrte Löwinnen und fauchen zwei Kinder an, die sich in etwa drei Meter Höhe an eine verrostete Feuerleiter klammern. Einer der Jungen ist Noel, der andere sein Freund Vance. Die beiden könnten mit den schwarzen kurzen Haaren und den Sommersprossen fast Zwillinge sein und aus der Ferne sind sie kaum zu unterscheiden. Trotzdem erkenne ich anhand der knallroten Kappe sofort, dass Noel unterhalb seines Freundes auf der Leiter steht. Würde ein Löwe Anlauf nehmen und springen, könnte er ihn erreichen.

»Mom!«, ruft er, als er mich erkennt, und Vance schreit: »Sonja, hilf uns!«

Die Gasse ist sehr schmal, sonst wäre Anne sicher mit dem Auto hineingefahren, um die Biester zu vertreiben. Hoffentlich kommt sie schnell mit Hilfe zurück.

Als ich »Haltet euch gut fest!« rufe, drehen sich die Köpfe der Löwinnen sofort in unsere Richtung. Eins der Tiere löst sich aus der Gruppe und schleicht geduckt auf uns zu.

Verdammt!

Ich richte den Revolver auf die Raubkatze, aber meine Hand zittert so stark, dass ich Angst habe, die Kinder zu treffen.

»Überlass das Vieh mir«, sagt Kia. Sie zielt entspannt, drückt ab und trifft das Tier genau zwischen den Augen. Es faucht auf und schlägt mit der Tatze nach dem Bolzen, doch der steckt zu tief im Knochen. Leider war der Schuss nicht tödlich. Die Löwin taumelt lediglich und kommt weiterhin auf uns zu. Uns trennen nur noch wenige Schritte von dem riesigen Tier.

»Mist«, murmelt Kia, während wir rückwärts gehen, und schießt ein weiteres Mal. Der Bolzen bleibt im Auge stecken.

Die Löwin faucht lauter und fletscht bedrohlich die Fänge, aber sie strauchelt und bleibt auf der Seite liegen. Schwer atmend zuckt sie und ringt mit dem Tod, doch eine zweite Bestie schleicht bereits knurrend auf uns zu.

»Okay, wir locken sie von den Kindern weg«, sage ich zu Kia. Plötzlich sehe ich alles viel schärfer, meine Hand hört auf zu zittern. Ich denke nur daran, dass ich Noel und Vance retten muss, und Kialada darf ebenfalls nichts geschehen. Auch wenn sie wie eine Scharfschützin agiert, ist sie ein Kind, und ich fühle mich für sie verantwortlich.

Der Lauf der schweren Waffe zielt genau auf den Kopf des Tieres. Ich drücke ab, Blut spritzt auf das schmutzige Fell und der Knall hallt von den Hauswänden. Der Rückschlag des alten Revolvers war so enorm, dass er mir beinahe aus der Hand geglitten wäre. Erst jetzt merke ich, dass meine Handflächen schweißnass sind.

Obwohl ich die Schulter getroffen habe, humpelt die Löwin weiter. Die Raubtiere sind ausgehungert, sie dringen immer tiefer in die Stadt vor und kämpfen bis zum letzten Atemzug um Nahrung. Früher haben sie nachts oder in den kühlen Morgenstunden gejagt, jetzt trifft man sie immer öfter tagsüber an.

Auch die mit den Bolzen niedergestreckte Löwin versucht sich aufzurichten. Daher drücke ich erneut ab, ziele zuerst auf das Tier, das auf uns zuhumpelt, und brauche zwei weitere Schüsse, um es endlich niederzustrecken, während Kia zeitgleich ihre Pfeile abfeuert. Dann lösche ich endgültig das Leben der anderen Bestie aus.

»Verdammt, ich habe nur noch eine Kugel!« Keuchend lasse ich den Revolver sinken.

Panisch schaue ich zu Noel und Vance. Die Feuerleiter wackelt bedrohlich, Putz und Mauerstücke regnen herab und die Kinder schreien. Die alte Leiter wird nicht ewig halten! Und die verdammte letzte Löwin verschwindet nicht. Sie hat wohl bemerkt, dass es nicht weise ist, uns anzugreifen, daher streift sie vor der Leiter hin und her oder stellt sich auf die Hinterpfoten, um nach Noels Fuß zu schnappen.

»Mom!« Tränen laufen über sein Gesicht und ich sehe ihm an, dass er Todesängste aussteht.

»Meine Bolzen sind auch alle.« Kia nähert sich den reglosen Löwinnen und versucht, die Pfeile aus ihren Körpern zu ziehen. »Verdammt, die sitzen fest!«

Ich höre kaum, was sie sagt, denn ich habe nur noch Augen für mein Kind und Vance. Langsam gehe ich auf die Löwin zu. Ein Schuss … Der muss sitzen.

Hart pocht der Puls in meinen Ohren, ich zittere und habe solche Angst um mein Kind, aber ich muss Ruhe bewahren, Ruhe! Zudem fürchte ich mich ebenfalls vor dem Tier. Ein Satz, und es wäre bei mir und könnte mich mit einem Biss in die Kehle töten.

Die Löwin schlägt mit der Pranke auf die Sprossen der Leiter. Sie wackelt, größere Mauerreste bröckeln ab, und plötzlich kippt das ganze Gestell mit den Kindern um, bis das obere Ende an die gegenüberliegende Wand knallt. Noel und Vance klammern sich an den Sprossen fest, doch ihre Beine hängen in der Luft. Die Leiter steht nun schräg, und die Raubkatze kann die Kinder erreichen.

Als die Leiter umfiel, ist sie zurückgewichen, aber jetzt leckt sie sich die Lefzen und macht sich auf den Sprung bereit.

Nein, du bekommst mein Kind nicht! Ich schieße, und treffe die Löwin am Rücken. Fauchend wirbelt sie zu mir herum. Ihre grünbraunen Augen fixieren mich, während sie auf mich zupirscht. Für den Bruchteil einer Sekunde erinnert mich die Farbe der Iriden an Nitros Augen, dann schreie ich: »Weg von hier, Kia!«

Die Löwin brüllt auf – zeitgleich nehme ich eine Gestalt wahr, die fauchend vom Dach springt und auf dem Rücken des Tieres landet. Der große Mann hat blondes Haar, ein Ohrring funkelt in der Sonne und er trägt die Kleidung der Warrior, ein schwarzes Shirt und eine Hose in Tarnfarben.

Er dreht kurz den Kopf und knurrt: »Verschwinde!«

Oh Gott, es ist Nitro! Seine Fänge haben sich verlängert, die Iriden glühen gelb.

»Nitro!«, ruft auch Noel. Die Kinder haben sich zusätzlich mit den Kniekehlen an die Sprossen gehängt und schauen mit großen Augen herunter auf das Geschehen.

Nitro hält ein Messer in der Hand und rammt es der Löwin immer wieder in die Kehle, während er sich an sie klammert. Obwohl die Raubkatze ausgezehrt ist, wiegt sie bestimmt noch hundert Kilo und ist fast so groß wie er. Sie schafft es, ihn abzuwerfen, und Nitro knallt mit dem Rücken gegen die Hauswand. Das Messer fliegt aus seiner Hand, fauchend stürzt sich die Katze auf ihn.

»Nitro!« Mein Herz bleibt bei diesem Anblick fast stehen. Die Löwin wird ihn zerfleischen!

Er liegt unter ihr und drückt den Kopf des Tieres mit beiden Händen von sich, während Blut auf ihn läuft. Nitro faucht und knurrt ebenfalls, sein Gesicht besitzt keine menschlichen Züge mehr.

»Verdammt, ich könnte ihn treffen«, sagt Kia hinter mir. Offenbar hat sie es geschafft, einen Bolzen herauszuziehen, und zielt mit der Armbrust in die Gasse. Ihre Augen sind riesig. »Was ist er?«

»Ein Freund, und jetzt hau endlich ab!«, rufe ich ihr zu, doch sie denkt nicht dran.

Genauso wenig wie ich. Fieberhaft überlege ich, wie ich Nitro helfen könnte. Die Löwin schnappt nach ihm, aber offenbar wird sie schwächer. Er hat sie schlimm verletzt.

Doch der Kampf dauert zu lang. Als seine Arme heftig zittern und er das Tier bestimmt nicht mehr lange halten kann, laufe ich zum Messer und schleudere es zu ihm.

Er nimmt es, und während er den Kopf der Katze mit einem Arm von sich hält, schneidet er ihr die Kehle auf. Kurz darauf bricht sie auf ihm zusammen.

Er schubst sie von sich und bleibt schwer atmend liegen. Sein T-Shirt ist voller Blut, und ich hoffe, davon gehört kein Tropfen ihm.

Sofort klettern Noel und Vance nach unten.

Während Nitro sich mühsam aufsetzt, fliegt Noel in seine Arme. »Du hast die Löwin besiegt!« Mein Kind umarmt ihn fest, und er drückt ihn an sich, beruhigt sich, wandelt sich zurück.

Da löst sich endlich meine Starre, ich stecke den Revolver in den Hosenbund und gehe zu ihnen.

»Alles okay?«, fragt er meinen Sohn, und ich lasse mich neben ihnen auf die Knie fallen, um Nitro und mein Kind gleichzeitig zu umarmen.

Gott, es tut so gut, beide zu fühlen.

Ich streiche Noel über den Rücken, unendlich froh, dass er lebt.

Er grinst breit. »Alles okay, Mom, du musst nicht weinen.«

»Tu ich doch gar nicht.« Ich ziehe die Sonnenbrille ab und wische mir die Tränen weg. Aus den Augenwinkeln erkenne ich, wie sich Vance zu Kia stellt. »Geht's dir gut?«, frage ich ihn.

»Bin okay.« Er hat nur Augen für das Mädchen. »Du warst so klasse, Kialada!«, ruft er und grinst bis über beide Ohren. »Du bist total cool geblieben und hast einfach geschossen.«

»Verlieb dich bloß nicht in mich, Kleiner«, sagt sie halb ernst, halb schmunzelnd, und wirkt wieder einmal so verdammt erwachsen, während Noel in meinen Armen wie ein halbes Baby ausschaut.

Ich starre in Nitros Gesicht, alles Wilde ist daraus verschwunden. »Wo bist du so plötzlich hergekommen?« Er sieht schlecht aus, kaum besser als die ausgezehrten Löwen. Schatten umrahmen seine Augen, die Wangen wirken ein wenig eingefallen, trotz seiner Barthaare, und seine Kleidung ist teilweise eingerissen und schmutzig.

Er lässt seine Hand an meinem Rücken auf und ab wandern. »Ich war öfter in deiner Nähe, denn ich konnte dich nicht vergessen.«

Weiß er, wie viel mir seine Worte bedeuten? Ich könnte die ganze Welt umarmen! Er hat uns gerettet und ich habe ihn zurück. Ich hoffe so sehr, dass er bleibt.

Als ich über seinen Arm streiche, bemerke ich die Wunde. Die Löwin hat ihn mit den Krallen erwischt. »Du bist verletzt!«

»Nicht schlimm«, murmelt er und hat nur Augen für mich, als würde es ihn nicht stören, dass die Haut an seinem Oberarm in Fetzen hängt. Leise setzt er hinzu: »Ich habe dich vermisst.«

»Mom hat dich auch vermisst«, sagt Noel, noch bevor ich etwas erwidern kann. »Sie war ziemlich mies drauf in letzter Zeit.« Er löst sich von uns und läuft zu seinem Freund, der gemeinsam mit Kia um die toten Löwinnen herumschleicht.

Als Nitro fragt: »Stimmt das?«, füllen neue Tränen meine Augen.

»Du hast mir höllisch gefehlt. Ich hatte solche Angst um dich. Wo warst du, verdammt?«

»Mal hier, mal da. Hab mich in den Ruinen versteckt.« Er zieht mich an sich, und ich schmiege mich an seinen Hals. Er trägt den Anhänger mit meiner Perle, und ich atme zitternd ein. Sein männlicher Geruch ist fast verschwunden, er wird überdeckt von Schweiß und Schmutz. »Du gehörst dringend generalgereinigt.«

»Ich würde jetzt gerne noch einmal mit dir in meinem Whirlpool sitzen«, flüstert er mir ins Ohr, dann schließt er keuchend die Lider. Niemals habe ich ihn so schwach erblickt.

»Du siehst eher aus, als könntest du den Inhalt eines Pools zum Trinken vertragen.« Seine von der Sonne gebräunte Haut ist trocken, Fältchen haben sich um seine Augen gebildet.

»Das Wasser hier ist grauenhaft.«

»Es ist verseucht. Man darf es nicht trinken.« Er könnte sterben, wenn er es weiterhin zu sich nimmt. »Nur in der Pyramide und der neuen Wohnsiedlung gibt es Trinkwasser.«

Stirnrunzelnd begutachte ich die Wunde an seinem Arm. Sie gehört desinfiziert und genäht. Außerdem verliert er immer noch Blut, sein Flüssigkeitsverlust erhöht sich dadurch drastisch. Daher nehme ich sein Messer und trenne am Bauch rundherum ein Stück von meinem T-Shirt ab. Das binde ich ihm um den Oberarm. »Du musst versorgt werden.«

Er lächelt matt, seine Lider flattern. »Sexy Outfit. Erinnert mich an dein bauchfreies Top, das du im Dschinn getragen hast.«

Plötzlich höre ich Reifen quietschen. Als ich mich umdrehe, hält Annes Pickup vor der Gasse. Rock steigt aus der Beifahrertür und läuft mit einem gezückten Gewehr auf uns zu.

»Mom, Kia und Nitro haben die Löwen besiegt!«, ruft Noel ihm zu. »Nitro hat einen mit seinen Händen erledigt!«

Der glatzköpfige Warrior eilt an ihm vorbei und richtet den Lauf auf Nitro. »Alles okay, Sonja?«

Ich drücke seine Waffe zur Seite. »Mir geht's gut, aber Nitro ist stark dehydriert und verletzt. Er braucht dringend Hilfe.«

»Kann er in seiner Zelle bekommen«, knurrt Rock und zieht ihn am Arm nach oben. Er sieht nicht erfreut aus, Nitro zu sehen – wer kann es ihm verdenken. »Du bist verhaftet.«

»Du brauchst nicht so an mir zerren«, sagt er und steht auf. »Ich stelle mich.«

Er kommt freiwillig mit? Dann muss es ihm wirklich schlecht gehen. Oder macht er das meinetwegen?

Er schenkt mir einen durchdringenden Blick, der mein Herz höher schlagen lässt, und ich lege einen Arm um ihn. Nitro wankt leicht, doch er schafft es bis zum Auto.

Kia und die Kinder nehmen vorne neben Anne Platz, ich sitze mit Rock und Nitro hinten. Als wir losfahren, fallen ihm die Augen zu und sein Kopf sackt gegen die Lehne. Er hat offenbar seine letzten Kräfte mobilisiert, um uns zu helfen.

»Gib Gas, Anne!«, rufe ich und fühle am Hals nach seinem Puls. »Er muss dringend auf die Krankenstation.«

Kapitel 7 – Hoffnung

Nitro: Gibt es vielleicht doch Hoffnung? Für mich … für uns?
So lange habe ich damit gerungen, mich freiwillig zu stellen. Zum Glück hat mir die Löwin die Entscheidung abgenommen. War das ein Wink des Schicksals? Langsam glaube ich, Sonja hat recht mit der Vorherbestimmung …

Ich will wissen, ob die Ärztin meine dunkle Seite verschwinden lassen kann. Nicht meinetwegen, sondern für Sonja. Ich vermisse sie, ihren Duft, ihre Berührungen und ihr umwerfendes Lächeln. Wenn sie bei mir ist und lacht, strahlt die Sonne heller, die Farben leuchten intensiver und das Leben ist einfach schön.

Ohne sie habe ich mich unendlich allein gefühlt.

Man weiß erst, was man vermisst, wenn man es nicht mehr hat …

Mein Herz schlägt heftig vor Sorge und Zuneigung, als ich durch den Türspalt in Nitros Krankenzimmer luge. Diesmal hat er einen Raum mit Fenster bekommen, darauf habe ich bestanden. Er ist ohnmächtig, denn er hat viel Flüssigkeit verloren, und hängt an mehreren Infusionen. In einem der Beutel befindet sich auch ein Mittel, um seinen Körper zu entgiften.

Um seinen Oberarm liegt ein frischer Verband, jetzt muss ich nur noch warten, bis er zu sich kommt.

»Wie schlimm steht es um ihn?«, frage ich Sam leise, während ich die Augen nicht von ihm abwenden kann. Wir stehen im Flur und unterhalten uns über Nitros Zukunft.

»Das Leben in der Wüste hat ihn ausgezehrt, aber du musst dir keine Sorgen machen.« Aufmunternd lächelt sie mir zu. »Er ist ein Warrior, er wird sich schnell erholen.« Ihr Blick wird ernst. »Dann müssen wir uns überlegen, wo wir ihn unterbringen.«

»Er darf auf keinen Fall wieder eingesperrt werden. Das würde ihn zugrunde richten. Er war sein Leben lang ein Gefangener. Das will ich ihm nicht mehr antun.«

»Wir werden eine Lösung finden. Ich habe bereits mit Mark darüber gesprochen. Er kennt einen Ort, an dem sich Nitro frei fühlen könnte, er muss das nur noch mit Storm absprechen. Das Gebäude ist auch ein Stück vom Stadtzentrum weg, keiner würde etwas mitbekommen. Dort könnte er erst einmal leben … falls der Stadtrat zustimmt.«

»Das wäre großartig.« Ich seufze tief und ziehe die Tür leise zu. »Gibt es ein Heilmittel für ihn? Habt ihr im Labor etwas finden können?«

Sam schüttelt den Kopf. »Das Biest ist ein Teil von ihm und fest in seinen Genen verankert. Man kann die DNA nicht mal eben umschreiben. Nitro ist, was er ist.«

»Und die Tabletten?« Offenbar sind sie seine einzige Chance auf Normalität.

»Die Rezeptur ist vernichtet worden, Mark konnte sie nicht wiederherstellen.«

»Aber du hast doch noch eine. Du könntest sie analysieren.«

»Das habe ich bereits«, sagt sie vorsichtig. »Ich habe dafür extra das Spezialgerät im White City Hospital benutzt.«

Ich sehe ihr an, dass sie keine guten Neuigkeiten hat. »Sam, was weißt du?«

»Die Tabletten enthalten einen Stoff, der das Gehirn auf Dauer schädigt. In ein paar Jahren hätte Nitro an massivem Gedächtnisverlust gelitten. Daher ist es gut, dass er sie nicht mehr nimmt.«

»Gibt es denn kein Ersatzmittel?«

Sie kratzt sich an einer Braue. »Mir ist noch keins eingefallen.«

»Dann war Dr. Bolton also kein Genie.«

Betreten schaut sie auf ihre Schuhe. »Dr. Bolton war sich über die Nebenwirkungen sicher bewusst. Ich kenne seine Forschungen über artenübergreifenden Gentransfer und war immer eine Bewunderin seiner Arbeit. Ich hatte allerdings keine Ahnung, was er sonst noch alles getrieben hat.«

Oh Gott, er wusste, was der Wirkstoff für Schäden anrichten kann und hat es einfach in Kauf genommen? Kurz schließe ich die Augen. Gut, dass der Mistkerl tot ist. »Könntest du ein neues Medikament entwickeln?«

»Könnte ich, doch das würde ewig dauern und setzt lange Testreihen voraus.«

»Was bleibt ihm dann für eine Option?« Alles erscheint mit einem Mal hoffnungslos, dabei war ich mir so sicher, dass Nitro geholfen werden könnte.

»Er muss lernen, das Biest zu kontrollieren und seine menschliche Seite zu stärken. Dazu muss er Gefühle zulassen und seine alten Ängste überwinden.« Sam lächelt mich an. »So wie es aussieht, bist du die Einzige, die ihn retten kann. Auf dich hört er. Dir vertraut er.«

»Ich bin keine Therapeutin, Sam. Ich kann Maschinen reparieren, aber doch keinen Menschen.«

»Hab Vertrauen in dich und in ihn. Ich habe gesehen, wie nah ihr euch seid. Zwischen euch existiert jene wundervolle Verbindung, die auch Jax und ich haben.«

Überrascht schnappe ich nach Luft. »Denkst du?«

Sie nickt. »Ich glaube, er ist hierher zurückgekommen, weil er alle Hoffnungen in dich setzt. Du bist sein Rettungsanker.«

»Dann will ich ihn nicht enttäuschen.«

***

»Hi«, murmelt Nitro, als ich später am Tag die Tür öffne. Die Sonne steht tief und schickt ihre orangefarbenen Strahlen ins Zimmer.

»Hi.« Er ist wach! »Wie fühlst du dich?«

Seine Zudecke liegt zusammengeknüllt am Fußende, daher bleibt mir nichts anderes übrig, als seinen nackten Oberkörper anzustarren. Er ist braungebrannt, nur die Narben zeichnen sich als blasse Streifen ab. Außer seiner Unterhose trägt er nichts am Leib. Es ist warm im Raum, da die Klimaanlage ausgefallen war, aber ich habe eben das kaputte Teil ausgetauscht und nun bläst sie wieder kühle Luft ins Zimmer.

Nitro lächelt müde und dreht mir den Kopf zu. »Ich fühle mich zumindest nicht mehr wie eine ausgetretene Schuhsohle.«

»Du hast bestimmt Hunger.« Nachdem ich mich ans Bett gehockt habe, halte ich ihm ein Sandwich unter die Nase, das ich im Café gekauft habe. »Da ist Hühnchen drauf. Ich hab mir gedacht, das schmeckt dir sicher besser als der Krankenhausfraß.«

Er nimmt einen tiefen Atemzug. »Riecht lecker.«

»Selbstgemachte Limonade habe ich auch dabei.«

Ich lege den Becher an seine Lippen und er probiert einen vorsichtigen Schluck. Anschließend verzieht er das Gesicht. »Sauer.«

»Immerhin besser als dieses komische Pearl aus der Dose, oder?«

Er grinst mich selig an, dann trinkt er alles aus. »Viel besser, aber nur, weil du mich fütterst.« Sein Blick fällt auf das Sandwich.

Oh, ich durchschaue ihn! Er hat gewiss genug Kraft, um selbst zu essen, doch er fleht beinahe körperlich danach, Zuwendung zu erhalten. Und ich möchte ihn verwöhnen. Er hat uns das Leben gerettet.

Beim ersten Bissen landet ein Riesenstück des Brotes in seinem Mund. Kurz habe ich seine Eckzähne gesehen, und ich komme mir vor, als würde ich ein ausgehungertes Raubtier füttern. Ein charmantes, ausgehungertes Raubtier, denn er gibt Genusslaute von sich, die mich zum Schmunzeln bringen.

Als das Sandwich verputzt ist, betritt Samantha das Zimmer. Rock, der erneut vor der Tür Wache schiebt, möchte sie begleiten, aber sie bittet ihn, draußen zu bleiben.

»Wie fühlen Sie sich, Nitro?«, fragt sie, nachdem sie dem grimmig dreinschauenden Warrior die Tür vor der Nase zugemacht hat. Dann stellt sie ihre Arzttasche auf dem Bett ab.

Er räuspert sich und schenkt mir einen scheuen Blick, wobei er die Decke bis zu seinem Bauchnabel zieht. »Wie im Paradies.«

Offenbar kann er vor anderen nicht so locker sein wie vor mir. Ich erinnere mich an die Begegnung in der Bar, als er mit seinen Freunden am Tisch saß und selbst vor ihnen seine Emotionen verborgen hat.

»Darf ich Sie untersuchen?« Zögernd bleibt sie vor dem Bett stehen und mustert ihn eindringlich. Sie hat das Biest gesehen, daher kann ich ihre Vorsicht verstehen.

Er nickt, wirkt aber plötzlich angespannt.

»Ich werde Ihnen nur noch mal Blut abnehmen und die Vitalwerte testen.« Sie hört zuerst mit dem Stethoskop sein Herz ab. Als sie das kühle

Metall an seine Brust legt, dreht er den Kopf zur Seite und schließt die Augen.

Hier tut dir niemand weh, denke ich, wobei sich mein Herz zusammenzieht. Automatisch greife ich nach seiner Hand, und er drückt sie.

Samantha schaut ihm immer wieder ins Gesicht, während sie weitere Untersuchungen an ihm durchführt, seinen Pupillenreflex mit einer Taschenlampe testet und ihm schließlich Blut abnimmt.

»Hatten Sie gerade das Bedürfnis, sich zu verwandeln?«, fragt sie schließlich, als sie alles wegpackt.

»Nein, ich … Vielleicht war da ein kurzer Moment, aber ich hatte es unter Kontrolle.«

Seine Ehrlichkeit überrascht mich. Fasst er langsam Vertrauen?

Sam wirkt ebenfalls überrascht. »Wie verhindern Sie es?«

»Ich …« Er senkt den Blick und starrt auf meine Hand, auf der er ununterbrochen seinen Daumen kreisen lässt. »Ich denke an Sonja.«

Fast unmerklich nickt sie mir zu.

Da platzt Jax ins Zimmer, dicht gefolgt von Rock. »Verdammt, Doc!« Seine Hand schwebt über der Pistole an seinem Holster. »Ich hab gesagt, du sollst auf mich warten.«

Beschwichtigend hebt Nitro die Arme. »Ich werde deiner Frau nichts tun. Ich will niemandem etwas tun.«

Sam verdreht schmunzelnd die Augen. »Könnt ihr zwei Höhlenmenschen bitte draußen warten? Wir haben das hier ganz gut im Griff.«

Nitro zerquetscht fast meine Hand. *Beruhige dich*, denke ich unentwegt. *Gib ihnen keinen Grund, dich wieder wegzusperren.*

Jax' Todesblicke durchsieben ihn regelrecht, dann dreht er sich um, murmelt etwas Unverständliches und verlässt mit Rock das Zimmer. Die Tür lässt er jedoch angelehnt.

Ich höre Nitro aufatmen, und er entspannt sich.

Sam erhebt sich. »Bitte sagen Sie mir, falls Ihnen etwas fehlen sollte.«

»Mir fehlt nur eines, aber das wird es hier wohl nicht geben.«

»Was?«, fragen Samantha und ich gleichzeitig.«

»Eine Dusche.« Er wurde zwar gereinigt, da Hygiene im Krankenhaus das erste Gebot ist, aber ich kann ihn verstehen. Nach Wochen in der Wüste würde ich mich auch danach sehnen.

»Wir haben hier eine alte Wanne«, erklärt Sam, »die früher für Wassergeburten gedacht war. Die könnt ihr hernehmen.« Eine sanfte Röte verfärbt ihr Gesicht. »Ähm, ich meinte Nitro. Ein Warrior findet darin bestens Platz.«

Ich sehe ihr genau an, was sie in dieser Wanne getrieben hat. »Vielleicht auch ein Warrior und seine Ärztin?«

Sam lacht. »Ich werde das nicht näher erläutern.« Sie dreht sich um und geht zur Tür, wo sie bereits von Jax empfangen wird. »Ich werde alles herrichten lassen.«

***

Eine Stunde später befinden wir uns in einem kleinen Lagerraum ohne Fenster. Um uns herum stehen Regale voller Verbandsmaterial, und ich erkenne das Logo mit dem grünen Kreuz des White City Hospitals. Mitten zwischen all dem Krankenhausbedarf hockt Nitro in der Wanne und grinst zufrieden. Sein verbundener Arm liegt auf dem Rand, und ich wasche ihn vorsichtig mit einem Lappen. Zum Glück haben wir in Resur nun mehr Wasser zur Verfügung, seitdem unsere Kläranlage funktioniert und wir bei Bedarf Wasser aus den unterirdischen Quellen hinzuführen können.

»Die Ärztin ist nett«, sagt er und starrt auf mein T-Shirt. Es hat ein paar Spritzer abbekommen, weshalb der Stoff an einer Brust klebt und mein Nippel zu erkennen ist.

»Ja, ich mag Sam sehr gerne.« Er ist es sicher nicht gewohnt, dass ein Arzt auch freundlich sein kann.

Das Bild seines »Vaters«, wie er in seinem Blut gelegen hat, blitzt kurz in meinen Gedanken auf, doch ich verdränge es sofort. Er ist tot, er kann Nitro nie wieder ein Leid zufügen.

Nachdem der Arm sauber ist, schäume ich seine Haare ein.

Er schließt die Augen und schnurrt wie ein Kater, während ich ihm die Kopfhaut massiere. Ich könnte heulen vor Freude und möchte am liebsten zu ihm in die Wanne steigen, um mich an ihn zu kuscheln, aber Rock steht vor der Tür. Außerdem befinden wir uns auf der Krankenstation, ich muss mich gedulden, bis wir wirklich allein sind.

»So, untertauchen«, sage ich, damit er das Shampoo ausspülen kann.

Er legt den Kopf zurück, und so lange er die Augen geschlossen hat, versuche ich jedes Detail seines Körpers aufzunehmen. Sein Bizeps wölbt sich, während er mit einer Hand unter Wasser über sein Haar fährt, und die Bauchmuskeln spannen sich an.

Ich möchte von seinen starken Armen gehalten werden, abends mit ihm einschlafen und morgens neben ihm aufwachen. Ich will mit ihm lachen, lange Spaziergänge unternehmen und immer für ihn da sein, wenn er Hilfe braucht, das Biest zurückzukämpfen.

Als er auftaucht und sich das Wasser aus den Augen zwinkert, flüstere ich: »Ich habe gedacht, ich sehe dich nie wieder.«

Er dreht mir den Kopf zu und öffnet den Mund, bleibt jedoch stumm.

»Was willst du mir sagen?« Ich hocke mich auf den Wannenrand, um ihn näher zu sein, und beuge mich zu ihm.

Nachdem er die Augen geschlossen hat, legt er den Kopf an meinen Oberschenkel. »Ich war mir nicht sicher, ob du mich wirklich zurück haben wolltest.«

Mir ist egal, dass meine Hose nass wird. Ich streiche durch sein feuchtes Haar und über sein Gesicht. Dabei fühle ich mich federleicht und möchte nur lächeln. »Wenn du wüsstest, wie viel du mir bedeutest, hättest du nie daran gezweifelt.«

Er schaut mich überrascht an, dann wirkt er erleichtert. »Ich habe dich gar nicht verdient, Sonja.«

Ich schlucke, weil mir so vieles auf der Zunge liegt, allerdings bringe ich kein Wort hervor. Aber wir müssen nicht sprechen, wir verstehen uns auch so. Allein seine Blicke sagen mir alles, was ich wissen muss.

Mit dem Lappen fahre ich über seine Brust und die Narben. Diese Verletzungen sind nichts im Vergleich zu den Narben seiner Seele. Ich hoffe, ich kann sie ein wenig verkleinern, denn verschwinden werden sie wohl niemals.

Nitro seufzt leise. »Deine Berührungen habe ich am meisten vermisst.«

Während ich ihn wasche und kraule, lasse ich ihn erzählen. Es kommt zu selten vor, dass er sich öffnet.

»In der Wüste habe ich bemerkt, dass ich ohne dich nicht weiterleben möchte, aber mit dir zusammen wäre es auch zu gefährlich für dich. Jeden Tag kehrte das Tier mehr in mich zurück, und jeden Tag wurde mir deutlicher bewusst, dass ich nie wieder zu dir durfte, doch ich konnte dich nicht vergessen.«

Er hält meine Hand fest und drückt sie an seine Brust. Wenn Nitro einfach Nitro ist, ist er so verdammt liebenswert, dass ich ihn nur noch küssen und nie mehr hergeben möchte. Aber ich darf nicht vergessen, welche Gefahr in ihm schlummert. Niemals. Ich muss an Noel denken. Ich würde es mir nie verzeihen, wenn ihm etwas passiert, nur weil ich blind vor Liebe bin.

»Als euch die Löwen angegriffen haben, musste ich mich zeigen. Ich hatte solche Angst um dich. Angst, dass du vergessen hast, wer ich bin und du dich vor mir erschrickst. Ich habe befürchtet, Ekel und Abneigung in deinem Gesicht zu lesen, aber noch größere Angst hatte ich davor, dass die Löwin dich oder dein Kind tötet. Ich wusste, dass du schrecklich leiden würdest, wenn Noel etwas passiert. Im Labor habe ich gesehen, dass du für ihn sterben würdest.«

Ich schlucke hart und zwinkere eine Träne aus dem Auge. »Ja, das würde ich.«

»Ich wünsche mir, du könntest mir eines Tages so vertrauen, dass du dasselbe für mich tun würdest. Auch wenn ich natürlich nicht will, dass du stirbst.« Gequält lächelt er mich an, und hinter meinem Brustbein verkrampft sich alles. »Ich wäre heute gerne für dich gestorben, Sonja, wenn es deine einzige Chance gewesen wäre, zu überleben.«

»Nitro«, wispere ich unter Tränen und beuge mich so weit zu ihm, dass ich seine Stirn küssen kann. Ich weiß gar nicht, was ich darauf sagen soll. Ich liebe ihn so sehr, doch ich habe Angst, ihm meine wahren Gefühle zu gestehen. Vielleicht fürchte ich mich auch selbst davor. Nach dem Tod meines Mannes und dem Mord an Cedric wollte ich mein Herz nie wieder für einen weiteren Menschen öffnen, aber Nitro hat sich nach und nach hineingestohlen. Ich war machtlos dagegen.

»Ich hab mich noch gar nicht fürs Retten bedankt«, sage ich mit belegter Stimme.

»Bezahle mich mit einem Kuss dafür.« Er zieht mich am Nacken zu sich, dann schaut er mich erwartungsvoll an. »Wenn du willst.«

Und wie ich das will, du unwiderstehlicher Kerl!

Ich habe nur noch Augen für seine Lippen. Sie teilen sich leicht, und ich drücke meinen Mund auf sie, spüre die Hitze seiner Haut und den Hauch seines Atems. Ein ungezügeltes Verlangen wächst in mir, und die Erinnerung an unseren Sex peitscht meine Lust auf. *Nicht hier*, denke ich, *nicht jetzt*.

Seine Barthaare kitzeln mich, doch die Zartheit seines Kusses lässt mich alles um uns herum vergessen. Ich will seinen Körper erforschen, mich an ihm reiben … Meine Klit pulsiert, heiße Wellen schwappen in meinem Schoß zusammen. Ich will ihn in mir spüren.

Denkt er dasselbe?

Sein Blick wirkt entrückt, als sich unsere Lippen trennen, und ich schiele durch das Wasser auf seine Körpermitte. Ja, er denkt dasselbe.

»In deiner Nähe bin ich ein anderer, Sonja«, raunt er und streift meinen Mund. »Deine Ärztin hat recht. Ich hatte gehofft, hier könnte mir jemand helfen. Dass du mir helfen könntest. Und offenbar schafft das allein deine Anwesenheit.«

Mit dem Zeigefinger fahre ich seine Augenbrauen nach. Sie besitzen den perfekten Schwung. »Du hast gehört, was ich mit Sam vor der Tür besprochen habe?«

Er zupft mit den Lippen an meinem Mund und antwortet: »Fast jedes Wort.«

Bei den Kerlen weiß man nie, ob sie schlafen, ohnmächtig oder doch wach sind.

Als er mich loslässt, fühle ich mich, als hätte er mich verlassen. Innerlich schüttele ich den Kopf. Ich muss aufhören, mich auf diesen Mann zu versteifen, bevor ich nicht sicher weiß, wie das mit uns weitergehen soll.

Nitro lehnt sich wieder zurück und drückt eine Hand auf seine Erektion. Dann schielt er zur Tür.

Ich habe fast vergessen, dass Rock davor steht.

»Ich wundere mich, dass mir so viele Menschen helfen wollen«, sagt er, nimmt den Lappen und reibt fest über sein Gesicht.

»Hier sind wirklich sehr viele liebe Menschen. Ich freue mich schon, sie dir alle vorzustellen.«

Sein Gesicht verdüstert sich. »Sie werden mich ablehnen, wenn sie erfahren, was ich bin.«

»Es muss niemand erfahren, dass du ein … Experiment warst, zumindest nicht die Öffentlichkeit. Bisher wissen nur Bürgermeister Forster, Julius und ein paar der engsten Vertrauten wie Jax, Crome und Rock Bescheid. So soll es auch bleiben.«

»Und wie willst du ihnen das Biest erklären? Dein Sohn und sein Freund haben mich gesehen. Und dieses Mädchen …«

»Das war Kia. Sie ist die Ziehtochter von Crome und Miraja.« Ich atme tief ein. »Die Kinder wissen nicht, dass du dein Biest nur schwer unter Kontrolle hast. Da bekannt ist, dass die Warrior Gene von Raubkatzen in ihrer DNA haben, halten sie deine Fähigkeiten für eine Mutation. Du bist in ihren Augen etwas Besonderes. Ein Held. Noel hört gar nicht mehr auf, von dir zu sprechen.«

Wird er etwa rot? Mein Herz stolpert vor Sehnsucht nach diesem scheuen Mann. Offenbar ist er an Komplimente nicht gewöhnt.

Räuspernd drückt er den Lappen aus und legt ihn an den Rand. »Jetzt bin ich gut durchgeweicht und sauber bis in die kleinste Pore.« Als er aufsteht, reiche ich ihm ein großes Handtuch und kann den Blick nicht von den Rinnsalen nehmen, die über seine Bauchmuskeln laufen und sich zwischen seinen Beinen treffen.

»Wer hat dir deinen Beruf beigebracht?«, möchte er wissen, während er sich die Haare trocken rubbelt.

»Ich mir selbst, außerdem habe ich viele Bücher gelesen, einfach drauf los gebastelt und probiert, aber das Meiste habe ich von meinem Vater gelernt. Er war auch Ingenieur und hat draußen am Staudamm gearbeitet.«

Er wickelt sich das Handtuch um die Hüften und setzt sich auf den Wannenrand. »Dann warst du noch sehr jung, als du zum Arbeiten angefangen hast.«

»Das ist in Resur auch normal. Je früher man etwas zum Lebensunterhalt beitragen kann, desto besser.« Ich setze mich neben ihn und genieße es, mich ganz normal mit ihm zu unterhalten.

Nitro greift nach meiner Hand. »Wo sind deine Eltern?«

»Mom lebt hier in der Pyramide. Wir wohnen alle zusammen. Vater ist gestorben, da war ich mit Noel schwanger. Er wurde … in der Todeszone erschossen.«

»Das tut mir leid.« Er klingt ehrlich bestürzt. »Kein Wunder, dass du dich den Rebellen angeschlossen hast.«

Seufzend zucke ich mit den Schultern. »So ist der Lauf des Lebens in Resur, oder so war er. Bisher wurden viele nicht alt. Grund waren nicht nur die Krieger, sondern das verseuchte Wasser und die schlechten Lebensbedingungen, vor allem aber die unzureichende medizinische Versorgung. Ein kleiner Kratzer konnte bereits zum Tod führen. Doch jetzt wird hoffentlich alles besser.«

»Das hoffe ich auch«, sagt er und zieht mich an sich, um mir einen Kuss auf die Schläfe zu drücken. Danach sieht er mich genauso unschuldig-flehend an wie Noel, wenn er unbedingt etwas haben möchte. »Wäre es frech von mir, wenn ich dich bitte, mir noch einmal so ein Sandwich zu besorgen?«

Als sein Bauch laut knurrt, grinse ich. »Ein Mal Huhn im Brötchen, kommt sofort.«

Er kratzt sich verlegen lächelnd am Ohr. »Und wie bezahle ich das?«

»Ich nehme dieselbe Währung wie du zuvor«, antworte ich und küsse ihn auf seinen herrlichen Mund.

***

»Mom kann dir helfen, gesund zu werden?« Noel sitzt bei Nitro im Krankenbett und schaut ehrfürchtig zu ihm.

Er nickt, wobei er mir einen fragenden Blick zuwirft.

Ich grinse nur zurück, denn mein Sohn wollte sich unbedingt von ihm verabschieden. Da muss er jetzt durch. Seltsamerweise habe ich keine Angst mehr, dass Nitro ihm wehtut, im Gegenteil.

Noel mustert ihn eindringlich. »Was fehlt dir denn? Ist es wegen deinem Arm, wo dich die Löwin erwischt hat?«

Erneut huscht sein Blick zu mir. »Nein, es ist … Ich habe … Stimmungsschwankungen.«

»Ah, okay«, sagt mein Sohn und rubbelt sich mit der Hand über die Nase.

Ich bin mir sicher, dass er keine Ahnung hat, was Nitro meint. Er will sich bloß keine Blöße geben.

»Dann hoffe ich, deine Schwankungen gehen schnell vorbei, denn es wäre cool, wenn du Vance und mich das nächste Mal begleiten könntest. Ich hab nämlich jetzt echt Angst, rauszugehen.«

Nitro nickt abermals. »Ich werde mich anstrengen.«

Als mein Sohn ihn umarmt, möchte ich ihn erst zurückziehen, denn Nitro wirkt etwas hilflos und schockiert, aber dann drückt er Noel. Als Nitro ihm ein scheues Lächeln schenkt, hüpft mein Herz fast aus der Brust, und ich erlaube mir, ihn für einen Wimpernschlag als Ersatzvater zu sehen.

Erneut ist die Gefahr, die in ihm schlummert, meilenweit entfernt. Nur seine Eckzähne, die kurz aufblitzen, erinnern mich, wer er wirklich ist: ein Killer, dessen ganzer Lebensinhalt es einmal war, Menschen wie mich und Noel zu töten.

***

Meine Mutter steht neben mir, während ich in unserer Wohnung meinen Rucksack packe. Sie wirkt wenig erfreut, gibt mir jedoch ein Shirt und streicht sich eine graue Strähne hinters Ohr. Ich bin froh, dass sie mit ihren vierzig Jahren noch agil und gesund ist. Die Lebenserwartung in Resur ist nicht besonders hoch.

Wir sehen uns sehr ähnlich, sie ist eine ältere Kopie meiner selbst, nur ist ihr schwarzes Haar beinahe völlig ergraut. Für Noel ist sie trotzdem mehr wie eine Mutter als eine Oma, da ich so jung schwanger wurde. Nach Elijas' Tod war sie für uns beide da, und als ich monatelang in White City verschollen war und niemand mehr an meine Rückkehr glaubte, hat sie sich ebenfalls um mein Kind gekümmert. Ich habe ihr schon so viel Kummer bereitet und habe Angst, wie sie auf meine Entscheidung reagiert. Ich möchte ihr allerdings die wahren Gründe nicht verschweigen und sie nicht anlügen oder im Ungewissen lassen wie viele andere Resurer, die keine Ahnung haben, dass Nitro sein Biest nicht ganz unter Kontrolle hat. Ich habe ihr alles erzählt.

»Du lässt also Noel für einen dieser Warrior im Stich, die du einmal so sehr verachtet hast.«

Ihre Worte schneiden in mein Herz, und ich fühle mich wie eine Rabenmutter und eine Verräterin. Doch die Zeiten haben sich geändert. Die Krieger sind nicht mehr unsere Feinde. Sie wurden vom Regime verarscht und haben lediglich ihren Job getan und Befehle ausgeführt – weil sie die Wahrheit nicht kannten.

All das ist für Mom sicher schwerer zu verarbeiten als für mich. Sie hat so viel mehr verloren. Zuerst ihre Schwester, die an einer Blutvergiftung gestorben ist, danach ist Dad beim Versuch einen Sonnenkollektor zu stehlen in der Todeszone umgekommen. Die Warrior haben seinen Leichnam einfach über die Mauer geworfen, als wäre er Müll.

Aus Angst und Verzweiflung, unsere kleine Wohnung zu verlieren, hat sie eine Beziehung zu dem Mann angefangen, der die Wohneinheiten zuteilt. Vater hatte als Ingenieur einen Sonderstatus, und als er starb, habe ich versucht, in seine Fußstapfen zu treten, damit wir die Wohnung behalten können und Mom sich nicht mit diesem schmierigen Roger abgeben musste. Auch wenn sie versucht hat, die wahren Gründe für diese seltsame Beziehung geheim zu halten, war ich nicht dumm. Ich bin so froh, dass das alles für sie vorbei ist.

Nach allem, was sie durchgemacht hat, kann ich ihre Sorgen verstehen.

»Ich tu das auch für Noel, Mom. Ich sehe doch, wie sehr er sich einen Vater wünscht, und er mag Nitro. Er ist etwas Besonderes. Ich möchte ihn nicht aufgeben.«

Die Strenge weicht aus ihrem Gesicht. »Ich will nicht, dass du enttäuscht wirst, Schatz. Du hast schon so viel Zeit und Kraft in diesen Warrior investiert.«

»Ich will noch diesen letzten Versuch unternehmen. Das bin ich ihm schuldig. Ohne ihn wären wir vielleicht nicht mehr am Leben.« Unweigerlich denke ich an den Vorfall mit den Löwinnen, und eine Gänsehaut überzieht meinen Rücken. »Ich weiß, dass er mich liebt, auch wenn ihm das selbst womöglich nicht bewusst ist, weil er dieses Gefühl bisher nicht kannte. Ich will aber, dass er es kennenlernt. Ich will *ihn* besser kennenlernen.«

»Er hat dich entführt und in große Gefahr gebracht.«

»Das wird er nicht noch einmal. Es gibt niemanden mehr, der ihn manipuliert.«

»Du liebst ihn wirklich sehr, hm?« Seufzend umarmt sie mich.

Ich schlucke und wispere: »Ja, Mom.«

»Ich wünsche mir, dass du dich nicht in ihm irrst.«

Das wünsche ich mir auch.

Ich vergrabe mein Gesicht an ihrer Schulter und drücke meine Mutter an mich. »Danke, dass du dich so gut um Noel kümmerst.«

»Komm nur bald wieder zurück«, sagt sie, dann küsst sie meine Stirn und hilft mir, die restlichen Sachen zusammenzupacken.

»Ich bin ja nicht aus der Welt, sondern lebe ein paar Tage am Stadtrand. Wenn etwas ist, kannst du mich jederzeit über Mark erreichen. Ich stehe in ständiger Verbindung mit ihm und Samantha, um ihnen Bericht zu erstatten.«

Kapitel 8 – Taming the Beast

Nitro: Mit Sonjas Hilfe soll ich lernen, meine düstere Seite zu beherrschen. Ich muss mich anstrengen, muss lernen, anderen zu vertrauen.

Vater wollte das Tier in mir bereits kontrollieren und hat es nicht geschafft. Wird Sonja Erfolg haben? Werde** ich **erfolgreich sein?

Ich wünsche es mir wie nichts anderes auf der Welt. Ich will sie nicht enttäuschen.

Nach wie vor befinde ich mich in Haft, doch ich nenne es »offener Vollzug«. Sie sperren mich nicht mehr ein. Noch nicht. Dies ist eine Chance, mich zu beweisen. Und wenn die Ärzte ihr Okay geben, dass ich keine Gefahr mehr für Resur darstelle, habe ich gute Chancen, in Zukunft hier leben zu dürfen.

»So, da sind wir«, sagt Storm, der uns an den alten Stadtrand von Las Vegas gefahren hat, weit weg von Resur. Nun stehen wir im zwölften Stock eines ehemaligen Hotels. Die Bausubstanz ist in Ordnung, das Gebäude nicht einsturzgefährdet, obwohl eine ganze Seite fehlt: Das Zimmer hat nämlich keine Außenmauer. Ein großes Rechteck gibt den Blick auf die Wüste frei, und warmer Wind weht über mein schweißnasses Gesicht. Der Aufstieg war kein Zuckerschlecken. Da ich nicht besonders schwindelfrei bin, möchte ich der Abbruchkante auch nicht zu nahe kommen. Wir sind verdammt weit oben. Hätte es keinen anderen Ort gegeben? Leider stand so kurzfristig nichts Besseres zur Verfügung, daher muss ich mich überwinden. Nitro hat wesentlich Schlimmeres vor sich.

Der Raum wurde weitgehend vom Staub befreit und mit gut erhaltenen Möbeln des Hotels eingerichtet. Ich sehe eine Kommode, einen Schrank, einen Tisch, drei Wasserkanister … Ein Bett gibt es nicht, nur eine breite Matratze, die auf der gegenüberliegenden Seite der Öffnung liegt. An der Wand sind massive Ketten an einem Stahlträger befestigt worden. Die wird Nitro sicher nicht durchtrennen können.

»Hier hast du mal gelebt?«, fragt er. Es sind die ersten Worte, die er zu Storm spricht. Na ja, die zweiten, denn im Auto hat er immerhin ein »Hi« herausgebracht. Nitro wollte mit mir auf der Rückbank sitzen, um seinem ehemals besten Freund nicht ins Gesicht schauen zu müssen. Die beiden haben sich heute erst wieder gesehen, seit sie White City verlassen haben. Jeder hat sein Paket zu tragen und wollte vom anderen nichts wissen. Mark hat seinem Partner jedoch einen Schubs gegeben, damit er sich endlich mit Nitro trifft.

Schief grinsend fährt sich Storm über sein kurzes schwarzes Haar. »Ich hatte an ziemlich vielen Dingen zu knabbern und bin vor sämtlichen Konfrontationen weggelaufen. Hier war mein Versteck. Aber jetzt brauche ich es nicht mehr.« Er klemmt die Daumen in den Bund seiner Jeans, und mir fällt das riesige Messer auf, das er dort befestigt hat. Einige Bewohner nennen Storm Snake-Man, weil er gerne zwischen den Ruinen umherstreift und Klapperschlangen jagt. Eine Schusswaffe darf er noch nicht tragen – von der Betäubungspistole abgesehen –, doch Mark vertraut ihm so sehr, dass er ihn bedenkenlos bei uns lassen kann.

»Was waren das für Dinge?« Nitro schaut ihn interessiert an, während Storm seine Stiefel mustert. Danach wirft er einen Blick auf mich.

Okay, hier stehen zwei Männer – ich korrigiere: zwei Krieger – die offensichtlich über ihre Gefühle reden wollen, was ihnen so schon schwer genug fällt. Dann auch noch im Beisein einer Frau …

»Ähm, also …« Ich deute zur Tür. »Ihr habt euch lange nicht gesehen und sicher einiges zu erzählen. Ich geh mal nach draußen und sag Samantha Bescheid, dass wir angekommen sind.« Rasch schlüpfe ich in den düsteren Flur hinaus, lasse die Tür jedoch ein Stück angelehnt, weil ich das alte Hotel gruselig finde. Wind pfeift durch die Gänge sowie das Treppenhaus und erzeugt ein schauriges Heulen, außerdem ist es stockdunkel.

Ich hole ein Walkie Talkie aus meinem Rucksack und funke den Empfänger in der Krankenstation an. Mark hat mir auch seinen Tablet-PC geliehen, über den er oder Sam mir Daten oder andere Infos übermitteln können.

Samantha geht auch sofort dran, und ich erzähle ihr, dass alles okay ist und wir bald mit dem Versuch anfangen werden.

Das hier wird kein wissenschaftliches Experiment, sondern Nitro und ich wollen auf unsere Weise versuchen, dass er lernt, sein anderes Ich zu kontrollieren. Deshalb sind auch keine Ärzte dabei. Sie sind zu wichtig für Resur und dürfen kein Risiko eingehen, von einer durchdrehenden Bestie getötet zu werden. Daher rechne ich es Storm hoch an, dass er bei uns bleiben wird.

Mark hatte vorgeschlagen, unseren – aus ärztlicher Sicht undenkbaren – Versuch im Zellentrakt zu vollziehen, denn dort könnten sie Monitore zur Kontrolle aufbauen, leichter Medikamente verabreichen und wären zur Stelle, falls sich jemand verletzt. Doch Nitro soll nie wieder eingesperrt sein. In der freien Umgebung rechne ich mir mit dieser unkonventionellen Weise größere Chancen aus, zu ihm durchzudringen.

Storm hat sich freiwillig gemeldet, nachdem Mark ihm alles über Nitro berichtet hat. Außerdem kann Rock nicht immer »Babysitter« spielen, wie er gemeint hat. Er bildet Leute am Shuttle aus und gibt Flugstunden. Es ist schön, wenn die Krieger neue Aufgaben haben; ich hoffe, Nitro schlägt sich gut und darf hierbleiben. Dann müssen wir auch eine Beschäftigung für ihn suchen. Die Warrior wurden nur zu einem Zweck erschaffen, daher fällt es vielen schwer, nun andere Jobs zu übernehmen.

Nachdem ich das Funkgerät abgeschaltet habe, höre ich Nitro und Storm reden. Neugierig luge ich durch den Spalt, um Nitro zu beobachten. Jetzt schaut er ebenfalls auf den Boden.

»Tut mir leid, dass ich dich nicht sehen wollte.«

Storm zuckt mit den Schultern. »Kein Thema, mir ging's doch nicht anders. Hab 'ne beschissene Zeit hinter mir.«

»Ich hoffe, ich kann meine auch bald hinter mir lassen.« Nitro grinst schief. »Wo sind eigentlich deine Zöpfchen?«

Sein Kumpel lächelt genauso schief. »Bei meinem alten Leben in White City.«

Es ist schön, die beiden ehemals besten Freunde miteinander reden zu sehen. Nitro braucht jemanden, der ihn versteht, und Storm ist ideal dafür. Er hat selbst viel durchgemacht und dank Mark neuen Lebenswillen gewonnen.

Nitro räuspert sich. »Du warst schwer verletzt, hab ich gehört.«

»Und mein Ego ist es immer noch.«

»Ich hielt dich für einen verdammten Verräter und wollte nichts von dir wissen.«

»Vergiss es, Bruder.« Storm fährt sich kopfschüttelnd über das Gesicht. »Frag erst gar nicht, was ich getan habe, als ich Mark erwischte, wie er mit den Rebellen kommuniziert hat. Ich hätte fast alles zwischen uns zerstört, weil ich an die falsche Sache glaubte.«

Nitro senkt die Stimme. »Wie kommst du damit klar, dass sich die ganze Welt verändert hat?«

»Langsam hab ich mich dran gewöhnt, aber es war verdammt schwer. Ich wusste nicht, wo ich hingehöre, hinzu kamen die Gewissensbisse, weil ich Mark um ein Haar an den Senat ausgeliefert hätte. Ich habe ihn zwar laufen lassen, dafür wäre er in der Wüste fast gestorben.«

Ich habe von seinen Anpassungsschwierigkeiten gehört, doch Genaueres wusste ich nicht. Beinahe seinen Liebsten verraten zu haben, muss furchtbar sein.

Storm holt tief Luft. »Ich hab mich sogar geweigert, Medikamente zu nehmen, die mir wirklich hätten helfen können, aber ich wollte nichts, was dieses verdammte Regime entwickelt hat.«

»Ich würde sogar Scheiße schlucken, wenn es mein Biest zurückhalten würde«, sagt Nitro düster, fast knurrend.

Seine Worte schockieren mich, zugleich zeigen sie mir, wie ernst es ihm ist. Mein Puls klopft wild vor Hoffnung. Er wird es schaffen, ganz bestimmt.

»Da gibt's einen Typen namens Tim«, erklärt ihm Storm. »Der verkauft pflanzliche Medizin. Voll natürlich, keine Chemie. Johanniskraut und so ein Zeug. Ist jetzt nicht die Wucht, aber besser als nichts. Vielleicht hilft es dir ja auch ein wenig.«

Tatsächlich hat Samantha mir so etwas in der Art mitgegeben, Pillen mit Baldrian, Melisse und Weißdorn. Sie meint, es könnte ihn beruhigen und ihm helfen, sich besser unter Kontrolle zu halten, und wenn es nur einen Placebo-Effekt hat. Doch Sam und Mark glauben an die Heilkraft der Pflanzen, genau wie die meisten Menschen in Resur, denn wir hatten bisher keine andere Medizin.

»Auf jeden Fall bin ich jetzt ein anderer.« Storm deutet auf den Tisch. Ich kann ihn von meiner Position aus nicht sehen, weiß aber, das dort sein Rucksack steht. »Ich lese gerne, stell dir vor. Ich hab dir ein paar meiner Lieblingsbücher mitgebracht.«

»Danke. Die Zeit hier könnte lang werden.«

Ich hoffe es nicht. Für uns alle und für Noel. Das schlechte Gewissen ihm gegenüber nagt an mir.

Als Nitro ehrlich lächelt, überschlägt sich mein Puls. »Ich bin froh, dass du einen Partner gefunden hast. Dann brauch ich keine Angst mehr haben, dass du mich anbaggerst.«

Storm kratzt sich grinsend am Nacken. »Verdammt, du hast das bemerkt?«

»Äh, ja, war sehr offensichtlich.«

»Mark hat mich ins Leben zurückgeholt, und zwar genau hier.« Storm deutet zur Matratze. »Vielleicht kann Sonja dir auch helfen, mit deinem Dämon fertig zu werden.«

»Ich bin auf jeden Fall froh, dass du mitgekommen bist, um sie zu unterstützen.«

Storm kratzt sich schmunzelnd am Hinterkopf. »Irgendwer muss ja auf deine Frau aufpassen.«

Nitros Lächeln flackert, und er wirft einen Blick zur Tür.

Keuchend presse ich mich im dunklen Flur gegen die Wand und lausche mit wild klopfendem Puls. Seine Frau ... Ich will mir das jetzt nicht ausmalen, um nicht enttäuscht zu werden. Und würde er mich überhaupt wollen? Alle Warrior sind bei den meisten Frauen heiß begehrt, ja, regelrechte Sexobjekte. Er könnte frei wählen.

»Wir sind nicht, also ...« Er weiß, dass ich jedes Wort höre, und sicher vernimmt er meinen Herzschlag. »Sonja bedeutet mir sehr viel. Ich würde mich freuen, wenn mehr aus dem wird, was wir bereits haben.«

Ich grinse in die Dunkelheit und bekomme für ein paar Sekunden nicht mehr mit, was er noch mit Storm beredet. Er möchte mehr. Mit mir! Ich wünschte, wir hätten schon alles erfolgreich hinter uns.

»Du bist also ein Supermutant, oder so was?«, fragt Storm, der das von Mark weiß. »Dass du das vor uns geheim halten konntest, Respekt.«

»Hey, du bist doch selbst ein Mutant.«

Als Storm »Du hast recht« sagt, traue ich mich wieder, durch den Spalt zu lugen.

»Komm her, Bruder.« Storm umarmt ihn kurz und klopft ihm kumpelhaft auf die Schulter. »Schön, dass du in Resur bist. Wenn das alles vorbei ist, gehen wir mal zusammen auf die Jagd.«

»Unbedingt.« Nitro lächelt verlegen und zupft an der Kette mit der Perle, als wäre ihm die Nähe unangenehm. Ich kann es ihm nachfühlen. Er kennt das nicht, hat bisher immer alle anderen von sich ferngehalten.

»Ist Mick eigentlich auch hier?«, möchte er wissen.

Mick ... Ich erinnere mich, das war das unsympathische Engelchen aus der Dschinn Bar.

Storm schüttelt den Kopf. »Nein, der arbeitet jetzt für die White City Police.«

Der Staub, den der Wind im Treppenhaus aufwirbelt, kitzelt in meiner Nase. Als ich mir ein Niesen nicht länger verkneifen kann, höre ich Storm sagen: »Ich hol mal die restlichen Sachen aus dem Auto.«

Nachdem er das Zimmer verlassen hat und an mir vorbeigeht, streiche ich kurz über seinen Arm, eine Geste, die ihm sagen soll: Danke, dass du mit ihm geredet hast.

Ich weiß, dass es Nitro viel bedeutet, sich mit seinem alten Freund versöhnt zu haben. Jeder braucht Freunde, auch ein Warrior.

***

Nitro zieht sein Shirt und die Schuhe aus, danach legt er sich auf die Matratze. Nicht nur seine Arme können gefesselt werden, auch der Kopf und die Füße. Er wird völlig wehrlos sein.

In seinen Iriden leuchten gelbe Flecken auf, das Biest macht sich bemerkbar, da er offenbar sehr aufgeregt ist. Storm ist jedoch noch nicht da, um ihn festzubinden. Er hat den Schlüssel für die dicken Schellen.

Nitro verschränkt die Finger auf seiner Brust, wobei er hektisch atmet. »Ich habe eine Scheißangst.«

Ich knie mich neben ihn und lege eine Hand auf seinen Arm. »Das brauchst du nicht, ich werde bei dir sein.«

»Das ist es ja. Ich habe Angst um dich.«

Beruhigend streichle ich ihn. »Das ist gut, dann passt du auf mich auf. Du wirst stärker sein als deine dunkle Seite.«

»Ich hoffe, du hast recht. Denn falls ich dir etwas antue ...« Er dreht den Kopf in die andere Richtung und murmelt: »Ich könnte mir das niemals verzeihen. Ich ...« Zitternd atmet er ein, anschließend schaut er mich wieder an. »In mir wirbelt alles durcheinander und ich bin mir nicht sicher, aber ... Ich glaube, ich liebe dich.«

»Nitro ...« Lächelnd fahre ich über sein Gesicht, und er nimmt meine Hand, um sie an seine Wange zu drücken. Mein Herz ist voller Hoffnung, seine Worte sind wie eine Verheißung. Jeder Zentimeter meiner Haut scheint zu glühen, und ich würde ihn am liebsten wild küssen.

»Ich weiß«, sage ich leise, damit er nicht hört, wie belegt meine Stimme ist. Wenn ich mich nicht beherrsche, heule ich auf der Stelle los. »Ich liebe dich auch, so sehr.«

Der letzte Rest Gelb verschwindet aus seinen Augen, und er lächelt sanft. Es ist ein ehrliches Lächeln, denn es strahlt Wärme und Freude aus. Außerdem sieht er extrem sexy aus, wenn diese Melancholie aus seinen Gesichtszügen weicht.

»Ich bewundere deinen Mut, Sonja.« Seine Hand gleitet in meinen Nacken, unsere Lippen treffen sich. Ich genieße ihre Wärme, ihre Weichheit und das Gefühl, mit ihm verbunden zu sein. Dabei drücke ich meine Nase auf seine glatt rasierte Wange, um seinen Geruch einzuatmen.

Ich bin so froh, dass mich meine Intuition nicht getrogen hat. Er hat mir seine Liebe gestanden! Das ist mehr, als ich mir jemals erhofft habe.

Mein Kuss ist zärtlich und doch fordernd, denn er soll spüren, wie sehr ich ihn begehre. Außerdem möchte ich ihm Mut schenken und ihm zeigen, dass ich zu ihm stehe.

Zufrieden und glücklich über diesen ersten Fortschritt, schmiege ich den Kopf an seine Brust, um seinem Herzschlag zu lauschen. Nitro umarmt mich, und auf diese Weise bleiben wir liegen, ohne zu sprechen. Einfach den Augenblick genießend.

Als ich ein Räuspern hinter mir höre, löse ich mich von ihm. Storm ist zurück, und er hält einen silberfarbenen Koffer in der Hand.

»So, hier sind die Elektrostäbe drin. Mark hat sie aus dem Labor in White City.« Er stellt den Koffer neben die Matratze.

Nitro setzt sich auf und wirft ihm einen finsteren Blick zu. »Ich hasse diese Dinger.«

Storm runzelt die Stirn. »Das ist gut. Hass lockt deine Bestie hervor.«

Mein Atem stockt. Ich erinnere mich an den grausamen, glühenden Schmerz. Das eine Mal hat mir vollkommen gereicht.

»Lasst uns anfangen, bevor ich es mir anders überlege.« Nitro legt sich erneut zurück und streckt Arme und Beine aus, damit sein Freund ihn festmachen kann. Ich habe ihm zuvor schon die pflanzliche Medizin gegeben und hoffe sehr, dass sie ein klein wenig hilft.

»Deine Augen sehen echt furchterregend aus.« Storm beeilt sich, ihn festzuketten, denn er verwandelt sich bereits. Das Biest hat wohl keine große Lust, vertrieben zu werden. »Wie hast du es während der Ausbildung geschafft, dass wir nichts mitbekommen?«

»Die Tabletten haben dafür gesorgt, dass ich mich selbst in Extremsituationen nicht mehr ganz verwandelt habe, trotzdem war es die Hölle.« Nitro wirft den Kopf zurück, seine Fänge blitzen hervor. »Außerdem habe ich die meiste Zeit Kontaktlinsen getragen, denn gerade beim Training stand ich mehrmals kurz davor, mich zu verwandeln. Die Fänge konnte ich besser verbergen, bei den Krallen war es schon schwerer. Zum Glück hab ich sie am besten unter Kontrolle.«

Als er mit Armen und Beinen an den Ketten hängt, legt ihm Storm ein Gebissstück – eine kleine Stange aus Metall – in den Mund. Irgendwie erinnert mich die Konstruktion an Zaumzeug. Der Knebel ist ebenfalls mit zwei dünneren Ketten verbunden und soll dafür sorgen, dass sein Kopf auf der Matratze bleibt, damit er nicht nach uns schnappen kann.

Glühende Wut ballt sich in meinem Magen zusammen. Es tut mir weh, Nitro so zu sehen, und ich verfluche die Menschen, die ihm all das angetan haben.

Während der ganzen Zeit streiche ich über seinen Oberschenkel. Durch den Stoff der Hose fühle ich den angespannten Muskel. Trotz seiner Lage hält er sich ausgezeichnet. Seine Krallen sind nicht zu erkennen und sein

Gesicht besitzt noch alle menschlichen Züge.

Storm holt einen Elektrostab aus dem Koffer und schaltet ihn an. Kleine blau-weiße Blitze züngeln an der Spitze. Ich rieche Ozon und höre ein Knistern.

Nitro schaut mit zusammengekniffenen Lidern auf Storms Hand, als er mir den Stab überreicht.

Ich muss es tun, ich habe das mit Nitro so besprochen, er glaubt, dass es nur auf diese Weise klappt. Nun wird es ernst. Ich muss das Biest hervorholen, die Aufregung allein hat nicht ausgereicht. Was mir schon zeigt, wie gut er sich unter Kontrolle hat. Extremsituationen, Angst und Schmerz lassen die Bestie ebenfalls hervorbrechen.

Alles in mir verkrampft sich bei dem Gedanken, ihm Schmerzen zufügen zu müssen. Während ich den Stab in der Hand halte, starrt Nitro mich an.

»Worauf wartest du?«, fragt er nuschelnd. Mit der dünnen Stange im Mund fällt ihm das Sprechen schwerer.

Eine Träne rollt über meine Wange. »Ich kann dir nicht wehtun.« Wie er dort liegt, gefesselt und wehrlos … Das erinnert mich daran, was er alles erleiden musste. Jahrelange Folter und Gehirnwäsche, nur damit er wie ein Roboter funktioniert.

»Sonja, schau mich an!« Er keucht, aber noch hat er sich unter Kontrolle. »Ich habe viel Übleres mitgemacht, dagegen sind diese Stromschläge Kinderkram, doch die Impulse reichen aus, um mich sauer zu machen.«

Eiseskälte kriecht über meinen Rücken, obwohl es in dem zur Wüste hin offenem Zimmer warm ist. »Ich liebe dich, Nitro, ich kann dir nicht dasselbe antun wie dein Vater!«

»Tu es! Ich will es schaffen, will ein Leben mit dir.« Er spannt die Arme an, seine Muskeln zittern. »Tu es für uns.«

Für uns … Als ich nicht reagiere, hält Storm mir die Hand hin. »Soll ich es machen?«

Ich nicke. »Bitte. Ich kann das wirklich nicht. Es macht auch überhaupt keinen Sinn, wenn ich das tue, denn ich soll ja dafür sorgen, dass Nitro sich nicht verwandelt.« Ich streiche über seine vernarbte Brust. »Du musst mir vertrauen können, und das geht nicht, wenn ich dich foltere.«

Er versucht, mir den Kopf zuzudrehen, dabei rascheln die Ketten. »Hauptsache, du holst mich wieder zurück und lässt mich nicht mit dem Monster allein.«

»Niemals.«

Storm hockt sich neben ihn. »Und ich hoffe, du wirst mich dafür nicht hassen, Bruder.«

»Im Gegenteil, ich bin dir sehr dankbar, wenn du Sonja diese Bürde abnimmst.«

Sein Freund zögert noch einen Moment, dann drückt er ihm die züngelnde Spitze des Elektrostabes kurz an die Brust.

Ich zucke, weil ich den Schmerz fast selbst spüre, während sich Nitro aufbäumt.

»Fuck!« Sein gesamter Körper ist angespannt, die Ketten straffgezogen.

Ich kann nichts anderes tun, als ihm beim Leiden zuzusehen und über sein Gesicht zu streichen. »Scht, halte es zurück, du schaffst das.«

Nitro wirft mir einen hilflosen Blick zu. »Es wäre so einfach, der Wut nachzugeben. Meine dunkle Seite sehnt sich danach, hervorzubrechen, sie verspricht mir Linderung, Rache, Befreiung … Ich habe sie immer gerne willkommen geheißen.«

Ich fahre durch sein kurzes Haar und über seine Stirn. »Hör nicht auf diese Stimme. Sie lügt.«

»Ich weiß, aber es ist zu verlockend, dem Tier nachzugeben und jemand anderen agieren zu lassen.« Seine Krallen haben sich kurz ausgefahren, doch kaum sind sie verschwunden, drückt Storm erneut den Stab an seinen Bauch.

»Shit!« Tränen schwimmen in seinen Augen. Die Iriden färben sich in rasender Geschwindigkeit bernsteingelb. »Es … ich … kann nicht!«

Meine Berührungen werden hektischer. »Konzentriere dich, beruhige dich. Halte es im Zaum.«

»Es mag nicht gezähmt werden«, knurrt er. »Und ich hasse mein Tier nicht, ich mag nur nicht, dass es mir Steine in den Weg legt. Wie soll ich gegen etwas ankämpfen, das ich nicht verlieren will?«

»Zieh es auf deine Seite, mach es zu einem Teil von dir, zu einem Teil von Nitro.« Das ist die Lösung! Er muss seine finstere Seite nicht unterdrücken, sondern sie muss mit ihm verschmelzen. »Dein anderes Ich kann auch Gutes tun. Es hat uns vor den Löwinnen gerettet. *Du* hast uns gerettet.« An diesem Tag hat er es geschafft, das Tier nicht gegen uns zu richten. »Du musst dein anderes Ich dazu bringen, ebenfalls die Wahrheit zu erkennen. Dass wir nicht die Bösen sind.«

Erneut schickt Storm einen Stromimpuls durch Nitros Körper, woraufhin ich ihm einen bösen Blick schenke. »Lass ihn doch mal zu Luft kommen.«

»Wir sind nicht hier, um Ringelreihen zu spielen.«

»Storm hat recht.« Nitro schwitzt, ein dicker Tropfen läuft über seine Schläfe. »Mach weiter.«

Und er macht weiter.

Ich kann kaum hinsehen, trotzdem versuche ich, beruhigend auf Nitro einzureden. Nur merkt er dank seiner Supersinne, dass ich alles andere als ruhig bin. In mir kocht es wie im Inneren eines Geysirs. Irgendwann werden meine Emotionen hervorbrechen. Seine sind es bereits.

***

Eine Viertelstunde später hat er nichts Menschliches mehr an sich. Seine Muskeln sind vergrößert wie nie, sein Gesicht eine einzige biestige Fratze.

»Du mieser Verräter«, beschimpft er seinen besten Freund. »Ich werde dich töten!«

»So viel zur Dankbarkeit«, murmelt Storm und legt den Elektrostab weg.

»Er hasst mich.«

Sein trauriger Gesichtsausdruck rührt genauso an mir wie Nitros Zustand. »Nicht er hasst dich, sondern sein anderes Ich, dieses im Labor gezeugte Wesen, das immer noch in der Vergangenheit festhängt.«

Storm wischt sich mit dem Unterarm Schweiß von der Stirn. »Die Gehirnwäsche muss echt übel gewesen sein.«

»Ich will nicht wissen, was sie ihm alles angetan haben.«

Nitro tobt in den Ketten, und das furchterregende Brüllen schallt in die offene Wüste hinaus. Ich dringe nicht mehr zu ihm durch.

»Du Schlampe hast dich mit diesem Verräter verbündet!«, schreit er mich an.

»Ich stehe auf deiner Seite, wie immer schon. Und Storm auch. Er hilft dir.«

Nitro atmet heftig, Schweiß überzieht mittlerweile seinen ganzen Körper. »Er hat dich manipuliert!«

Vorsichtig drücke ich seinen Arm. »Niemand hat das.«

In seinem Blick brennt ein alles vernichtendes Feuer. »Dann mach mich los.«

»Das kann ich nicht. Nitro, du würdest das gar nicht wollen.«

Seine Nasenflügel beben und er fletscht die Fänge. »Nitro wird dich töten, sobald er kann!«

»Ach du Scheiße, er ist tatsächlich ein völlig anderer.« Storm weicht keuchend zurück, ich lasse mir zumindest äußerlich nicht viel anmerken. Ich habe damit gerechnet, trotzdem bin ich enttäuscht, dass es nicht besser läuft. Aber das ist der erste Versuch, es wäre ein Wunder, wenn Nitro sein Biest sofort unter Kontrolle hätte, nach all den Jahren, in denen er für das Regime gearbeitet hat. Vielleicht müssen wir das Experiment etwas ändern, so kommen wir nicht weiter.

Als er plötzlich reglos zusammenbricht, bleibt beinahe mein Herz stehen. »Oh Gott, was ist passiert? Ist er ohnmächtig? Wir müssen ihn losmachen!«

Er ist immer noch komplett verwandelt, doch die Härte ist aus seinem Gesicht gewichen, beinahe sieht er wie eine schlafende Raubkatze aus. Friedlich und ungefährlich.

Ich möchte bereits zum Schlüssel greifen, der aus Sicherheitsgründen auf dem Tisch liegt, da hält Storm mich zurück. »Er spielt uns etwas vor. Dich mag er täuschen können, ich höre allerdings seinen rasenden Herzschlag.«

»Ich weiß nicht … Was, wenn er Hilfe braucht? Vielleicht ist eine Ader in seinem Kopf …«

»Sonja.« Storm drückt meine Schulter. »Ich beweise es dir.« Aus dem Koffer holt er eine Manschette, die er an Nitros Handgelenk anbringt. »Das ist ein Blutdruck- und Pulsmessgerät. Ich hätte es eigentlich von Anfang an befestigen sollen, aber das habe ich im Eifer des Gefechts total vergessen.« Kaum hat er es fixiert, tobt Nitro erneut los. Er will nach seinem Freund schnappen, aber der Knebel verhindert das. Seine Muskeln scheinen zum Zerreißen gespannt, ebenso die Ketten.

»Werden sie halten?«, frage ich Storm. Mein Herz rattert wie ein Pressluftmeißel gegen die Rippen.

Er nickt. »Ansonsten müssen wir ihn betäuben.«

»Mark hat gesagt, wenn wir ihn zu lange auf dem Level halten, könnte es seinem Herzen schaden.« Ich kann kaum zusehen, wie er sich verausgabt, wie er brüllt, knurrt, schreit und uns beißen will. »Er beruhigt sich nicht.« Nitro japst zitternd nach Luft, Schweiß läuft in Strömen über seinen Körper.

Die Pulsuhr zeigt einen kontinuierlich steigenden Blutdruck an, ab 230/130 wird es für ihn gefährlich, erklärt Storm. Auch die Pulsfrequenz geht hoch. Als ihm Blut aus einen Nasenloch läuft, greife ich in den Koffer und hole eine Injektionspistole heraus.

Storm nimmt sie mir ab. »Es ist wohl wirklich Zeit, dass wir den Versuch abbrechen.« Er legt den Injektionskopf an Nitros Hals und drückt ab. »Schlaf gut, Bruder. Ich hoffe, du bist wieder der Alte, wenn du zu dir kommst.«

Das Betäubungsmittel bewirkt sofort eine Veränderung bei ihm. Die Bestie verschwindet aus seinem Gesicht, die Muskeln werden weich und der alte Nitro kehrt zurück. Für wenige Sekunden starrt er mich aus klaren Augen an, dann schließt er die Lider.

***

Ich bin fix und fertig und würde mich am liebsten hinlegen, dabei ist es erst Mittag. Storm ist nach Resur gefahren, um uns dort etwas Warmes zum Essen zu holen, während Nitro immer noch nicht zu sich gekommen ist. Ich glaube, er schläft. Storm hat den Knebel und alle Fesseln gelöst, bis auf die an den Handgelenken. Den Schlüssel hat er mir dagelassen, damit ich Nitro jederzeit komplett fixieren kann. Aber ich denke nicht daran, im Gegenteil. Da seine Haut unter den Manschetten wundgescheuert ist, mache ich ihn ganz los. Aus dem Koffer hole ich eine Wundcreme, mit der ich seine Abschürfungen versorge. Anschließend befeuchte ich mit Wasser aus einem der Kanister einen Lappen, um ihm das Gesicht zu waschen. Ich bin auch verschwitzt und mein Shirt klebt am Körper, doch bevor ich mich umziehe, will ich mich um Nitro kümmern. Sanft fahre ich mit dem feuchten Tuch über sein Gesicht, entferne die Blutspur unter der Nase und wische ihm den Schweiß ab. Auch seine Arme und den Oberkörper reibe ich ab.

Während der Prozedur gibt er kein Lebenszeichen von sich, er schläft wie ein Toter. Es ist unheimlich im Zimmer, denn der Wüstenwind pfeift um das Gebäude. Die warme Luft dringt durch die Öffnung in den Raum und trocknet seine Haut. Wenn er aufwacht, muss er sofort trinken. Er hat viel Flüssigkeit verloren.

Nachdem ich den Lappen weggelegt habe, hauche ich ihm einen Kuss auf die Lippen und wispere: »Ich liebe dich. Wir schaffen das.« Dann ziehe ich mich bis auf den Slip aus und krame saubere Kleidung aus meinem Rucksack. Bevor ich mich anziehe, trete ich mit einem Kanister näher zur Abbruchkante und öffne ihn. Ich schütte mir Wasser in die Handfläche, um mein Gesicht zu waschen. Dabei versuche ich nicht nach draußen zu sehen, denn es trennen mich nur drei Schritte vor dem Abgrund. Ich nehme den

Kanister in beide Hände, um mir etwas Wasser über den Körper zu schütten. Es läuft über den Rand der Kante und tropft nach unten.

Früher wäre ich nie so verschwenderisch damit umgegangen, aber seitdem wir mehr Trinkwasser zur Verfügung haben, möchte ich nicht mehr darauf verzichten, mich sauber zu fühlen. Wir haben hier zu lange auf zu Vieles verzichtet.

»Warte, ich helfe dir.«

Als ich plötzlich Nitros Stimme dicht hinter mir höre, wirbele ich zu ihm herum. Seine splitternackte Gestalt ragt vor mir auf. Er lächelt müde, doch sein Blick huscht aufmerksam über meinen fast nackten Körper und bleibt an meinen Brüsten hängen. Das kühle Wasser hat dafür gesorgt, dass sich meine Nippel zusammengezogen haben.

Ohne Worte nimmt er mir den Kanister aus der Hand und hält ihn höher, damit ich mich entspannt waschen kann. Das Wasser läuft über meinen Körper und benetzt meinen Slip, sodass er fast durchsichtig wird. Er nimmt seine Hand hinzu, um damit über meine Haut zu reiben. Ich genieße seine Berührungen und schließe keuchend die Augen, spüre seine Finger auf mir, das erfrischende Wasser und den Wüstenwind.

Als seine Hand plötzlich in mein Höschen fährt, stütze ich mich keuchend an seiner Schulter ab.

Seine Finger gleiten zwischen meine Schamlippen, reiben über meinen klopfenden Kitzler und fahren kurz in mich.

»Sauber.« Verschmitzt grinsend zieht er die Hand zurück.

Ob er eine Ahnung hat, wie sehr ich ihn wirklich liebe?

»Wie fühlst du dich?«, möchte ich wissen, versuche zu Atem zu kommen und das Pochen zwischen meinen Schenkeln zu ignorieren.

»Als wäre ich in einem Schraubstock eingeklemmt gewesen.« Er hält den Kanister höher und lässt Wasser über sein Gesicht laufen. Dabei öffnet er den Mund und nimmt große Schlucke. Das kühle Nass läuft an seinem Hals hinab, über seine Brust, den wie gemeißelt wirkenden Bauch und tropft an seinem Penis auf den Boden.

Ich muss ihn einfach berühren und wasche ihn wie er mich zuvor, reibe über seine Brust und den Unterleib.

»Tiefer«, raunt er. »Wasch mich überall.«

Sein Geschlecht ist leicht angeschwollen und beginnt, sich aufzurichten. Ohne zu zögern umschließe ich den halb weichen Schaft. Ich liebe es, ihn dort zu berühren, aber noch mehr als ich scheint er es zu genießen. Seine Lider fallen zu, und eine größere Menge Wasser schwappt aus der Öffnung des Kanisters. Er ist fast leer.

Ich ziehe die Vorhaut zurück und lasse den Daumen über seine Eichel kreisen. Schnell schwillt sie zu voller Größe an, wird rund und prall. Mehrmals massiere ich seine Härte und fahre anschließend über die schweren Hoden.

Als ich zu Nitro aufsehe, trifft mich sein glühender Blick. »Und jetzt die Rückseite.« Er dreht sich um und streckt mir seinen Hintern entgegen.

Oh Gott, er ist perfekt. Knackig, muskulös … Meine Hände gleiten wie von selbst seinen Rücken hinab zwischen die festen Backen.

Nitro stöhnt leise und schüttet den letzten Rest Wasser über seinen Rücken, während ich bis zu seinen Hoden gleite.

»Ich würde dich jetzt am liebsten ficken«, raunt er. »Dir deinen nassen Slip abreißen und in dich eindringen.«

»Dann tu es.« Ich will in diesem Moment nichts anderes. Mein Unterleib pulsiert und glüht, meine Brustwarzen kribbeln.

Als er sich umdreht und den Kanister abstellt, sieht er mich gequält an. »Storm hat eben das Gebäude betreten.« Er legt den Kopf schief, als ob er lauschen würde. »Ich schätze, er ist in drei Minuten oben.«

»Schaffst du es so schnell?« Ohne groß zu überlegen, gehe ich in die Hocke und umschließe seine pralle Kuppe mit den Lippen.

»Sonja!« Aufkeuchend lehnt er sich gegen die Wand, sein Penis zuckt gegen meinen Gaumen.

Ich will ihm nach all den Strapazen etwas Gutes tun und für Entspannung sorgen. Daher lasse ich meine Zunge um seine Eichel wirbeln, spüre ihrer glatten Beschaffenheit nach und stupse sie in den Schlitz, um von den salzigen Tropfen zu kosten. Mit einer Hand schiebe ich die Haut auf dem harten Kern vor und zurück; dabei pulsiert sein heißer Schaft unter meinen Fingern.

»Zwei Minuten, dreißig Sekunden«, nuschele ich.

»Mir reicht eine Minute«, raunt er und drückt die Hüften vor.

Er gleitet tiefer in mich, und während ich an ihm lecke, umschließt er mit zwei Fingern seinen Schaft und beginnt zu onanieren.

»Fuck, das ist geil!« Der Ring, den seine Finger bilden, stößt gegen meine Lippen. Immer schneller reibt er über sein Geschlecht, und seine Bauchmuskeln ziehen sich zusammen.

»Mach den Mund auf«, befiehlt er mir rau. »Ich will in deinen geöffneten Mund kommen.«

Kaum gehorche ich, treffen heiße Spritzer meine Zunge.

Ich versuche, alles zu schlucken und aufzulecken, denn ich möchte nicht, dass ein Tropfen verloren geht. Und während Nitro auf diese Weise seinen Höhepunkt erlebt, schaut er verklärt zu mir herab.

Dieser Blick spricht Bände, denn er spiegelt all seine Gefühle für mich wider. Nicht nur die sexuellen, auch die, die von Herzen kommen.

Nachdem ich alles geschluckt habe und er sich zurückzieht, reinigt er sich mit den letzten Tropfen aus dem Kanister. Anschließend reicht er mir schmunzelnd die Wasserflasche vom Tisch. »Damit dein Mund nicht zusammenklebt.«

»Angeber«, sage ich und nehme ein paar Schlucke, um den herben Geschmack von der Zunge zu spülen. Dabei mustert er mich schon wieder. Ich habe fast vergessen, dass ich bloß den feuchten Slip trage.

»Falls du nicht willst, dass Storm dich so sieht, würde ich mich lieber anziehen. Er ist gleich hier.«

Stimmt, den hätte ich beinahe vergessen! »Und falls du nicht willst, dass sich Storm wieder Hoffnungen bei dir macht, solltest du dasselbe tun.« Ich grinse schief und werfe einen kurzen Blick auf seine abklingende Erektion, wobei mein Gesicht heißer brennt als der Wüstenwind. Ich habe ihm tatsächlich gerade einen geblasen. Himmel, ich wusste nicht, dass solch eine verdorbene Ader in mir steckt.

***

Am Nachmittag wiederholen wir die Prozedur. Während Nitro gefesselt ist, quält Storm ihn mit dem Elektrostab, wobei Nitro versucht, das Biest zu beherrschen und ich ihn dabei unterstütze. Obwohl sein anderes Ich erst viel später durchbricht, klappt es wieder nicht, dass er sich beruhigt, und Storm muss ihn betäuben.

Seufzend starre ich auf Nitros schlaffen Körper. »Aber er hat relativ lange durchgehalten. Ich würde sagen, das ist ein Erfolg.«

Storm fährt sich über sein kurzes Haar. Er sieht müde aus. »Das ist es, nur reicht das nicht. Er muss sich hundertprozentig im Griff haben, damit er nicht wieder weggesperrt wird.«

Das ist mir klar, und wir stehen erst am Beginn der Therapie. Doch wie lange müssen wir ihn quälen? Ich kann jetzt schon nicht mehr.

Nitro hat einmal gesagt, Hass wäre sein Motor. Und er hasst die Folter. Ich glaube, wir sind auf dem falschen Weg.

***

Am Abend steht Nitro schweigend an der Abbruchkante und starrt in die dunkle Wüste hinaus. Der milde Wind drückt ihm T-Shirt und Hose gegen den Körper, und ich habe Angst, dass eine Böe ihn mitreißen könnte, aber ich will nichts sagen, will ihn nicht stören. Ich wüsste auch nicht, wie ich ihn aufmuntern könnte. Er wirkt sehr geknickt.

Storm bemerkt meine Nervosität und nickt mir zu. Dann erhebt er sich vom Tisch, an dem wir gerade gegessen haben, und gesellt sich zu ihm. Lediglich das Licht eines Solarstrahlers, der auf der Platte steht, erhellt den Raum, und ich drehe den Regler herunter, um die Insekten nicht anzulocken. Wobei sich bestimmt keine Moskitos in den zwölften Stock verirren.

Vorsichtig legt Storm Nitro eine Hand auf die Schulter. »Hier stand ich auch schon oft und habe stundenlang in den Himmel gestarrt, allein mit meinen Gedanken.«

Nitro lässt den Kopf hängen. »Ich weiß nicht, ob das alles was bringt.«

»Du willst schon aufgeben?«

Ich habe Angst, dass er sich einfach fallen lässt, um seinem Leben ein Ende zu bereiten, doch ich zwinge mich, auf dem Stuhl sitzen zu bleiben. Er vertraut mir, also muss ich das auch bei ihm tun.

Storm räuspert sich. »Mark wäre hier fast gestorben.«

Nitros Kopf fährt zu ihm herum. »Was ist passiert?«

»Ich stand zu nah an der Kante und er hat vermutet, ich wollte springen. Ich habe wirklich oft daran gedacht.«

Mein Magen verkrampft sich.

»Dann ist er abgerutscht, und ich habe gerade noch seine Hand zu fassen bekommen.«

Oh Gott, davon wusste ich nichts!

»Als ich ihn endlich wieder in den Armen hielt, habe ich erkannt, was ich beinahe verloren hätte. Oder was er verloren hätte, wenn ich gesprungen wäre. Ich stehe nur noch hier, weil Mark mich gerettet hat. Auf seine Art.«

Schweigen breitet sich aus. Storms Geschichte hat mich aufgewühlt, doch ich freue mich, dass er sie Nitro erzählt hat. Vielleicht macht ihm das Mut.

Er tritt einen Schritt zurück. »Ich habe es nie bereut, diese andere Seite zu besitzen, im Gegenteil, aber jetzt würde ich mir wünschen, dieses Biest dort hinunterschubsen zu können, um endlich ein neues Leben zu beginnen.«

»Du wirst das schaffen, Bruder. Ich glaube an dich.«

»Und ich auch«, sage ich leise, stehe auf und schließe Nitro in die Arme. »Ich akzeptiere dich so, wie du bist.«

Er versteift sich, weicht jedoch nicht zurück. »Ein Monster? Hässlich außen und innen? So etwas kann man nicht lieben.«

Die Traurigkeit und Bitterkeit in seiner Stimme schneiden wie ein Messer durch mein Herz, und ich drücke meinen Kopf an seine Brust. »Ich liebe dich, Nitro.«

»Wie kannst du mich lieben?« Seufzend zieht er mich fest an sich. »Sie haben mich dazu gemacht. Die Leute, die du immer verachtet hast. Die euch allen hier das Leben erschwert haben, die gegen euch gekämpft und euch getötet haben.«

Als ich zu ihm aufblicke, hat er die Augen geschlossen und die Kiefer aufeinandergepresst. »Lassen wir die Vergangenheit hinter uns und schauen nach vorne. Es würde mich zerreißen, wenn du nicht mehr da wärst. Ich könnte nicht mehr atmen, nichts mehr essen, würde jede Sekunde an das denken, was wir miteinander hatten. Ein Leben ohne dich wäre eine einzige Qual.« Die Worte sind mir entschlüpft, ohne über ihren Sinn nachzudenken. Aber sie sind wahr, jedes einzelne davon.

Seine Augen werden groß. »Das ist genau das, was ich auch fühle.«

Ich lächle sanft und streiche über seine Wange. »Weil du mich liebst.«

Er schüttelt den Kopf. »Wieso tut es dann so weh? Ich dachte, Liebe ist das schönste Gefühl der Welt?«

Mein Daumen gleitet über seine Unterlippe, bevor ich einen Kuss darauf hauche. Diesen starken Mann derart verletzt zu sehen, erschüttert meine Seele. »Es gibt nichts Schöneres als die Liebe, doch nichts kann dir auch mehr Schmerzen zufügen.«

Nitro wirft einen Blick auf Storm, der betreten neben uns steht. Er hebt die Brauen und grinst schief. »Wo sie recht hat, hat sie recht.«

Kapitel 9 – Spezialtherapie

Nitro: Sonja ist so verdammt mutig, mutiger als ich. Woher nimmt sie all die Kraft, das mit mir durchzustehen? Ihr zierlicher Körper wirkt zerbrechlich, doch der Schein trügt. Ich habe nie eine stärkere Frau gekannt.

Es ist stockdunkel. Ich liege neben Nitro auf der Matratze und starre in den Sternenhimmel und die schwarze Wüste, da ich nicht schlafen kann. Storm ist über Nacht nach Hause gefahren, obwohl er uns nicht verlassen wollte, dennoch habe ich auf ein paar Stunden allein mit Nitro bestanden. Allerdings war er so erschöpft, dass er schnell eingeschlafen ist. Storm hat ihn zuvor sicherheitshalber festgekettet, aber nur die Arme. Den Schlüssel hat er mir da gelassen, damit ich ihn komplett fixieren kann, sollte eine Verwandlung anstehen.

Nitro trägt bloß eine Shorts, ich T-Shirt und Slip. Die Nächte in der Wüste sind im Sommer warm, trotzdem habe ich uns mit einem Leinentuch zugedeckt, da der Wind sanft in den Raum bläst. Ein unheimliches Heulen geht durch das Haus, denn der Wind pfeift durch die Flure. Oder war das ein Wolf?

Nein, Storm hat die schweren Türen des Treppenhauses verriegelt, und über die Fahrstuhlschächte kann auch kein Tier nach oben gelangen. Nach dem Vorfall mit den Löwinnen bin ich sensibilisiert.

Plötzlich rascheln die Ketten, Nitro stöhnt auf. »Vater …«

Offenbar träumt er schlecht, vielleicht denkt er, er ist im Labor und wird gefoltert!?

Was soll ich tun? Ihn wecken und losbinden?

»Nitro … Sch…« Ich streiche über seine Brust und flüstere: »Du träumst nur. Du bist in Sicherheit.«

»Sonja …«, murmelt er.

Ist er wach? Da ich nichts sehen kann, taste ich nach der Solarlampe neben der Matratze und drehe den Regler ein Stück auf, gerade so viel, um Nitro zu erkennen. Er hat die Augen geschlossen, seine Armmuskeln sind angespannt.

»Vater …« Er stöhnt, dann zuckt er.

»Ist gut, du bist nicht im Labor.« Ich will bereits den Schlüssel holen, als ich merke, dass er sich verwandelt. Seine Krallen haben sich ausgefahren und die Fänge sind deutlich sichtbar.

Nicht jetzt!

»Nitro … scht.« Ich streichle ihn, flüstere ihm Liebkosungen zu, doch als er die Augen öffnet und den bernsteinfarbenen Blick auf mich richtet, weiß ich, dass das Biest zurück ist.

»Sonja …«, knurrt er und strampelt die Decke weg. »Mach mich los.«
»Gleich, aber beruhige dich erst. Du bist hier sicher, niemand quält dich.«
»Du quälst mich. Du tust mir all das an, weil du mich nicht akzeptierst.«
Seine Worte durchbohren meine Brust wie kleine scharfe Pfeile. »Ich akzeptiere alles an dir.«
Es tut mir so weh, ihn in diesem Zustand zu sehen, dass ich mich zu ihm beuge und ihn küsse. Mir ist egal, falls seine scharfen Zähne mich verletzen, denn ich will ihm zeigen, dass er mir vertrauen kann.
Er erwidert den Kuss nicht, sondern keucht in meinen Mund. Dabei schaut er mich aus großen Augen an.
Er hat mich nicht gebissen … Mutig mache ich weiter, küsse seine Wange, den Hals, die Brust.
Der Orgasmus ist der höchste Genuss, er befreit die Seele, man lässt sich gehen … Dazu braucht es Hingabe und Vertrauen. Himmel, wieso habe ich derart schräge Gedanken?
Ich denke über meine Worte nach, während ich ihn weiterhin berühre. Er hat aufgehört, an den Ketten zu zerren, stattdessen mustert er mich aus schmalen Lidern, verfolgt jede meiner Bewegungen und keucht erneut auf, als ich an seiner Shorts vorbeifahre, um seine Beine zu streicheln.
In seiner Hose zeichnet sich deutlich ab, dass ihn meine Berührungen nicht kalt lassen. Nitro ist seltsam ruhig, lauernd.
Zärtlich berühre ich sein Kinn. »Keiner tut dir mehr weh. Schmerzen machen dich nicht stärker, sie haben dich verbittert. Ich sage dir, was dich stark macht: wenn du innere Stärke zeigst. Wenn du deine Gabe einsetzt, um anderen zu helfen. Du hast uns geholfen, den Kindern und mir. Ich war so glücklich, als du aufgetaucht bist.«
Ich rede irgendwas, auch wenn es völliger Blödsinn ist, aber offenbar beruhigt ihn das. Nur diesmal kommt Nitro nicht zurück. Als ob seine finstere Seite die Oberhand gewonnen hat, als ob sie neugierig ist auf das, was ich mit ihm vorhabe.
Sex als Therapie? Kann das Nitro ganz machen?
Vielleicht.
Es ist gewagt und verdammt gefährlich. Storm ist nicht da … Er würde mich umbringen, wenn er das hier sehen würde.
Mit kreisenden Bewegungen gleitet meine Hand über Nitros Bauch, bevor ich sie im Bund der Hose verschwinden lasse, um den pulsierenden Schaft zu umschließen.
Keuchend drückt er mir die Hüften entgegen. »Du verführst einen wehrlosen Mann?«
Seine dunkle Stimme schickt wohlige Schauder über meinen Körper. Als Biest ist er auf gewisse Art sexy. Gefährlich attraktiv.
Er lächelt verwegen. »Sehr mutig von dir.«
Ich grinse zurück, aber in Wahrheit bin ich nicht ruhig, sondern aufgewühlt, und das weiß er genau.
»Und wie ist das?« Langsam ziehe ich ihm die Shorts über die Beine. Sein

pralles Geschlecht federt mir entgegen, und auf der dicken Kuppe perlt ein Lusttropfen hervor. Nitro atmet schnell, sein Bauch ist angespannt, jeder Muskel, jede Ader scheine ich sehen zu können.

»Mutig wäre es, wenn du dich ausziehst, auf mich setzt und mich fickst.« Er schenkt mir einen durchtriebenen Blick, der zeigt, dass er jedes Wort ernst meint.

»Oder bist du nicht mutig genug dazu, kleine Rebellin?«

Gewinne sein Vertrauen, Sonja … Ich feuere mich an, indem ich mir vor Augen führe, dass er uns schon einmal gerettet hat. Tief in seinem Inneren weiß er, was er als Biest tut. Der teuflische Arzt hat seine Persönlichkeit gespalten, und ich möchte es schaffen, sie wieder zu vereinen. Samantha hat mir erzählt, dass schwere traumatische Erlebnisse in der Kindheit diese Persönlichkeitsstörung auslösen können, und davon hatte er reichlich. Normalerweise bemerken diese Menschen den Wechsel von einer Person in die andere nicht, aber Nitro schon. Natürlich kann ich das Geschehene nicht rückgängig machen, doch weil er über sein zweites Ich Bescheid weiß, habe ich Chancen, die beiden zusammenzuführen.

Ich stelle mich neben die Lampe, damit er mich deutlich sieht, und streife mir langsam das T-Shirt ab. Als meine Brüste zum Vorschein kommen, zuckt sein Penis.

»Weiter«, fordert er heiser. »Streichel sie, mach deine Nippel hart.«

Ich schlucke meine Aufregung hinunter. Was tu ich hier eigentlich? Aber es gibt kein Zurück mehr. Ich habe seine Aufmerksamkeit und er ist gerade sehr umgänglich. Das muss ich ausnutzen!

Also lege ich beide Hände an meine Brüste, um sie zu massieren und mit den Daumen meine Brustwarzen zu reizen, bis sie wie rosa Steinchen aussehen.

Mir ist das peinlich, mich auf diese Weise vor ihm zu präsentieren. Am liebsten möchte ich meinen Kopf unter die Decke stecken.

Er schnaubt amüsiert, doch seine Augen funkeln gefährlich. »Du bist ein wenig … steif.«

Das Einzige, was im Moment steif ist, ist sein …

Er lacht rau auf, als er bemerkt, wo ich hinsehe. »Mach weiter, zieh den verdammten Slip aus, und danach will ich mehr Leidenschaft sehen.«

Okay, er hat mich ohnehin schon nackt erblickt, warum fällt es mir dann nur so schwer? Doch seine geraunten Befehle gefallen mir irgendwie.

Seine glühenden Blicke scheinen sich in meine Haut zu brennen, mein Unterleib pulsiert im Takt meines Herzens und meine Hände zittern stark. Beinahe verliere ich das Gleichgewicht, als ich aus dem Slip steige, und Nitro beobachtet das alles mit diesem raubtierhaften Lächeln. Immer wieder blitzen seine Fänge auf.

»Mmm …« Geräuschvoll zieht er die Luft ein und schließt kurz die Augen. »Ich rieche deine Erregung.«

Er hat recht, ich bin feucht.

Nitro hebt den Kopf und schnuppert. »Ich will sehen, wie nass du bist.

Stell dich über mich und spreiz deine Beine.«

Das kann er doch nicht verlangen, das ist so … peinlich!

Ich positioniere mich über seiner Körpermitte, woraufhin seine Erektion mehrmals unter mir zuckt, und gehe ein wenig in die Hocke.

»Das reicht nicht«, knurrt er. »Nimm die Finger dazu.«

Zögerlich ziehe ich die Schamlippen auseinander und glühe am ganzen Körper. Dieses zur Schau stellen ist demütigend, aber zugleich sehr erregend.

Er knurrt erneut und mustert mich so eindringlich, dass mein Kitzler hart klopft.

»Komm an meinen Mund. Ich will dich kosten.«

Als er wild lächelt, sehe ich die scharfen Fänge.

Oh Gott, was, wenn er mich beißt? Was, wenn das eine Falle ist, wie bei unserem ersten Versuch, als er sich ohnmächtig gestellt hat?

Seine Lider verengen sich. »Du hast Angst.«

»Natürlich habe ich das.«

»Wenn Nitro hier wäre, würdest du dich ohne zu zögern auf sein Gesicht setzen.«

Klingt er verletzt? »K-kann ich dir vertrauen?«

Er lacht heiser. »Kannst du nicht.«

»Ich will dir aber vertrauen. Ich will, dass du mir vertraust.«

»Komm her, ich will dich lecken. Zeig mir, dass du dich nicht vor mir ekelst, dass du mich so akzeptierst, wie ich bin.«

Ich stutze. Klingt da Nitro durch?

Mein Herz rast vor Hoffnung.

Ich mache ein paar wackelige Schritte über ihm und gehe genau über seinem Kopf in die Hocke. Ganz langsam. Ich habe immer noch Angst, dass er mich beißt. Doch er bleibt liegen, bis mein gespreiztes Geschlecht seinen Mund berührt.

»Ja«, raunt er. »Braves Mädchen.« Dann schiebt er die Zunge zwischen meine Schamlippen.

Glühende Lava schießt durch meinen Unterleib, während er mich ausgiebig leckt. Dabei schmatzt er schamlos und saugt meine Creme ein.

»Mehr«, raunt er, bevor er den Kopf ein Stück hebt und seine Zunge in mich schiebt. »Guuut.«

Seine primitive Seite kommt deutlicher hervor, aber er ist vorsichtig und verletzt mich nicht mit den Fängen. Leicht entspanne ich mich, um die Zungenschläge zu genießen. Ich fasse in sein Haar und kraule seinen Kopf, während er mich leise knurrend leckt und nie den Blick von mir wendet.

Mein Herz schlägt höher, meine Lust wächst ebenfalls an.

»Und jetzt reite auf mir«, befiehlt er. »Fick mich.«

Schwer atmend stehe ich auf, mache ein paar wackelige Schritte rückwärts und senke mich wieder auf ihn, genau auf die Länge seines harten Schaftes. Heiß schmiegt er sich zwischen meine Schamlippen. Soll ich es wirklich tun?

»Na los, oder machst du einen Rückzieher?« Seine Iriden flackern. »Geh, Sonja …«

Oh Gott, Nitro blitzt durch! »Ich liebe dich. Ich vertraue dir.«

Sein dunkles Ich drängt sich wieder vor, die Iriden leuchten erneut gelb. »Du liebst mich?«

»Ich liebe dich«, wiederhole ich und führe mir sein Geschlecht ein.

Er knurrt auf, wobei er den Kopf zurückwirft, während er Stück für Stück in mich dringt. Nitro füllt mich mit seiner Länge. Seine Hüften zucken, doch er rammt sich nicht in mich.

»Sonja, nicht … Verschwinde!« Erneut klingt Nitro durch.

»Ich lass dich nicht allein.« Als ich ganz auf ihm sitze, spüre ich dem Pochen seiner Länge in mir nach.

Er zerrt an den Fesseln. »Nein! Niemand kann mich lieben, nicht einmal Vater hat das. Liebe macht schwach!«

Spricht nun Nitro oder der andere zu mir? »Fühlst du dich denn schwach? Ist es nicht schön, was wir tun?«

»Sehr schön«, gesteht er kraftlos und bleibt unbeweglich unter mir liegen. »Zeig mir, was Liebe ist, Sonja.« Als seine Augen schimmern, verkrampft sich mein Herz. Er hat so viel nachzuholen.

»Liebe ist eine zarte Berührung.« Ich streiche über sein Gesicht, und er schmiegt seine Wange in meine Handfläche, wie er es schon so oft getan hat.

»Liebe ist ein inniger Kuss.« Meine Lippen fahren erst zart über seine, bevor ich die Zunge hinzunehme. Nitro stupst sie an, keucht und hebt schließlich den Kopf, um mich verlangend zu küssen.

Als er mich zu Atem kommen lässt, bewege ich mein Becken. »Liebe ist, dem anderen zu vertrauen. Ich vertraue dir.« Seine Härte in mir fühlt sich gut an, als ob es immer nur Nitro gegeben hätte. Ich reibe meinen Kitzler an ihm, um meine Erregung weiter anzufachen. Jetzt muss auch er mitbekommen, dass ich keine Angst mehr habe, sondern pure Lust spüre.

»Liebe ist, auf die intimste Weise miteinander verbunden zu sein, mit Körper und Seele.« Während ich die Finger in sein Haar schiebe, reite ich auf ihm. Dabei schaue ich ihm tief in die Augen. Die Iriden sehen anders aus, sie flackern nicht oder wechseln die Farbe. Zwar ist Nitro verwandelt, doch seine Augenfarbe ist ein konstanter Mischmasch aus Grün, Braun und Gelb. Er hat seine andere Seite im Griff.

Er starrt lediglich zurück und hört mir zu, was ich ihm zu sagen habe.

»Liebe ist, um den anderen zu kämpfen und ihn so zu nehmen, wie er ist.« Meine Bewegungen werden schneller und härter. Nitros Hüften zucken, genau wie seine Erektion tief in mir.

»Sonja«, raunt er. »Ich komme gleich, ich … hab mich dann vielleicht nicht unter Kontrolle.« Verzweiflung steht ihm ins Gesicht geschrieben, aber seine Augenfarbe verändert sich nicht.

»Doch, das hast du. Du bist hier, bei mir.« Er, genau wie seine andere Seite. Ich sehe sie beide, Nitro und das Biest.

Während ich auf ihm reite und mich an ihm reibe, küsse ich ihn und streichle seinen Kopf. Knurrend stößt er zu, bewegt sein Becken immer schneller. Und als er den Höhepunkt erreicht, schauen wir uns an. Seine Lider flattern, sonst ändert sich nichts.

Er stöhnt meinen Namen, und ich folge ihm nach. Mein Schoß glüht vor Verlangen, Stromschläge scheinen durch meine Klitoris zu pulsieren.

Tief in meinem Herzen fühle ich Wärme und Liebe. Wir waren beide Opfer von Lügnern, die uns gegeneinander aufgehetzt haben. Wir waren die schlimmsten Feinde, doch jetzt sind wir Liebende, auf die intimste Weise miteinander verbunden. Ich wünschte, dieser Moment würde niemals enden.

Als wir zu Atem kommen, küsse ich kurz seine geöffneten Lippen, denn das träge Genießen muss warten. Zuerst hole ich den Schlüssel und befreie ihn von den Ketten. In seinen Iriden erkenne ich immer noch die gelben Flecken. Das Biest ist da, Nitro allerdings auch. Seine Fänge sind länger als gewöhnlich, aber die Muskeln weniger ausgeprägt, und sein Gesicht besitzt überwiegend menschliche Züge. Langsam verschwindet alles Animalische, doch die gelben Sprenkel in den Augen bleiben.

Ich glaube, seine beiden Seelen sind miteinander verschmolzen.

Mein Vorhaben ist riskant, aber ich muss ihn losbinden, um die letzten Zweifel verschwinden zu lassen. Er muss sehen, dass ich ihm voll und ganz vertraue.

»Sonja …« Kopfschüttelnd setzt er sich auf und reibt sich über die Handgelenke. »Du … du hättest sterben können! Du kannst doch nicht … Ich war nicht ich selbst!«

»Und wie du das warst. Vielleicht zum ersten Mal seit Langem.« Mit dem Daumen wische ich eine Träne weg, die sich in seinen Wimpern verfangen hat. »Ich hab dir vertraut.«

Er wirft einen Blick auf seine Hände, dann zieht er die Krallen ein. »Du hast meiner finsteren Seite vertraut?«

Ich nicke.

»Du bist wahnsinnig!«

»Ja, es war sehr riskant, aber das hat viel mehr gebracht, als dich zu quälen.« Vorsichtig fasse ich nach seiner Hand. »Ich glaube, du bist auf dem richtigen Weg. Du warst bei mir, zeitgleich mit deinem anderen Ich.«

Seine Brauen ziehen sich zusammen, aber gleich darauf lächelt er. »Du hast recht. Du verrücktes Weib hast recht!« Stürmisch umarmt er mich, und ich falle mit ihm auf die Matratze zurück.

Sein Lächeln ist so ehrlich und warm, dass sich jede Zelle in mir aufheizt, obwohl ich nach unserem Sex ohnehin noch glühe.

»Du liebst mich ja wirklich, mein sexy Barmädchen«, raunt er und küsst mich.

Ich schmiege mich an seinen nackten Körper, genieße es, von Nitro fest gehalten zu werden, und lausche den Schlägen seines Herzens. Ich bin überglücklich, dass ich dieses Risiko eingegangen bin.

»Natürlich liebe ich dich, mein düsterer Krieger.« Ich küsse ihn am Hals, wo er immer so gut duftet. »Ich glaube, ich hab mein Herz bereits an dich verloren, als ich dir bei unserer ersten Begegnung zeigen musste, wie das zwischen Mann und Frau funktioniert.«

»Ich bin ein gelehriger Schüler, Sonja«, sagt er, woraufhin ich spüre, wie er schon wieder hart wird.

***

Ich bleibe noch drei weitere Tage mit ihm in dem Hochhaus, und wir haben Sex. Viel Sex.

Sam und Mark habe ich erzählt, dass wir große Fortschritte machen. Wie ich diese erreiche, erwähne ich lieber nicht.

Storm weiß Bescheid, denn Nitro hat gleich nach dem ersten Mal stolz verkündet, was ich seinetwegen gewagt habe. Sein Freund hat es sicher Mark erzählt und der Sam. Das ist okay, dann muss ich es nicht tun. Und bis jetzt kamen keine Einwände.

Als wir nach Resur zurückkehren, haben die Prüfungen für Nitro noch kein Ende. Samantha, Mark, Jax, Crome und der Bürgermeister wollen sich natürlich selbst davon überzeugen, dass er sich im Griff hat. In einem abschließbaren Raum im Gefängnistrakt, unter höchster Bewachung, muss er ihnen zeigen, dass er sich mittlerweile verwandeln kann, ohne ein anderer zu sein. Wenn er jetzt Krallen und Fänge hat, spricht Nitro mit klarem Verstand zu uns. Sein anderes Ich ist verschwunden und trotzdem da. Er ist beides. Er ist eins.

Kapitel 10 – Über ein Jahr später

Nitro: »Liebe ist, wenn mir Sekunden ohne Sonja wie die Ewigkeit vorkommen.«

Es ist Nachmittag, und ich stehe vor Miraja und Cromes Haus. Ich möchte mit meiner Freundin über das Kinderheim sprechen und klopfe an die Tür.

Als Crome öffnet, bin ich überrascht. »Hi, Sonja.«

»Hi, ich wusste nicht, dass du da bist. Wolltest du nicht mit Jax zu irgendeinem Nationalpark fliegen?«

Er lächelt. »Der kommt auch mal ohne mich klar.«

Hinter ihm sehe ich Miraja in einem Sessel sitzen. Sie stillt gerade Lion, und ich erkenne einen weißen Strampelanzug und ein braunes Haarbüschel, das vom Kopf des kleinen Jungen absteht. Er ist vor wenigen Tagen auf die Welt gekommen und saugt gierig an der Brust. Die Geburt verlief ohne Komplikationen, Miraja hat ihn im White City Hospital zur Welt gebracht, denn Crome hat darauf bestanden. Nitro und ich haben sie dort besucht. Es war das zweite Mal nach dem Öffnen der Kuppel, dass ich die Stadt betreten habe.

Lion ist das erste Kind eines genmanipulierten Kriegers, und soweit Samantha beurteilen kann, ist der Kleine kerngesund, hat aber die Supersinne seines Vaters geerbt.

Während der gesamten Schwangerschaft war Crome ein einziges Nervenbündel; jetzt scheint er Miraja immer noch nicht von der Seite weichen zu wollen. Wer hätte gedacht, dass unsere Krieger solch einen starken Beschützerinstinkt haben.

»Ich komme später wieder«, sage ich. »Ist nicht so wichtig.« Die beiden sollen ihr neues Glück in Ruhe genießen dürfen.

Miraja winkt mich zu sich. »Nein, komm rein, der kleine Kerl muss ja langsam mal satt sein.«

»Ich kann voll und ganz verstehen, dass er jede Sekunde auskosten will.« Crome wirft einen sehnsüchtigen Blick auf Mirajas entblößte Brust, während ich an ihm vorbeigehe und mich an den Tisch setze. Lion hat die Augen geöffnet und starrt seine Mama an, als könne er sie schon genau erkennen. Seine katzenhaften Iriden haben dieselbe Farbe wie die von Crome: ein intensives Grün. Er nuckelt und schmatzt an der Brustwarze, als wäre er am Verdursten, und ich kann nur grinsend zusehen, wie verträumt Crome die beiden anblickt.

Als Lion offenbar genug hat und herzhaft gähnt, legt ihn Miraja über ihre Schulter und klopft ihm auf den Rücken.

»Lass mich das machen, dann könnt ihr euch unterhalten.« Crome nimmt ihr den Kleinen ab. An seiner Schulter wirkt das Baby noch winziger. Behutsam tätschelt er mit der riesigen Hand den schmalen Körper.

Miraja grinst, während sie ihr Oberteil richtet. »Er ist nicht zerbrechlich.«

Mutig klopft er ein wenig fester, und Lion macht ein Bäuerchen, wobei Milch auf Cromes Shirt spritzt.

Crome seufzt. »Er hat mich schon wieder vollgekotzt. Warum macht er das immer nur bei mir?«

»Das ist seine Art zu zeigen, dass er dich liebt, Schatz.«

Kopfschüttelnd verschwindet er mit dem Baby im Schlafzimmer, während Miraja ihnen lächelnd hinterherschaut. »Er ist so ein toller Vater«, sagt sie leise und zwinkert sich Tränen aus den Augen. »Tut mir leid, die Hormone. Ich könnte den ganzen Tag heulen.« Sie tupft sich mit einem Taschentuch die Lider ab und räuspert sich.

»Soll ich dann nicht doch ein anderes Mal kommen?«

»Ich hab als Seekuh genug Neuigkeiten verpasst.« Miraja hatte während der Schwangerschaft mehr als die üblichen paar Kilo zugelegt, denn Wassereinlagerungen haben ihrem Körper zu schaffen gemacht. Zum Glück geht es ihr wieder gut.

»Weshalb bist du hier?«, möchte sie wissen.

Ich lächle. »Um dir mitzuteilen, dass das Haus bezugsfertig ist. Gestern ist es auch ans Wassersystem angeschlossen worden.«

»Echt?« Ein Strahlen breitet sich in ihrem Gesicht aus. »Das ist toll, endlich haben die Straßenkinder ein Dach über dem Kopf.«

»Jetzt müssen wir sie nur noch einsammeln.« Nitro unterstützt mich dabei. Da er sich in großen Menschengruppen nicht wohl fühlt, pirscht er die meiste Zeit allein oder mit Storm durch die Straßen. Wie jeder Warrior braucht er viel körperliche Betätigung. Zwar dürfte er mit Jax und seiner Armee trainieren, aber er ist lieber für sich und hat eine eigene Truppe gebildet, die die Menschen von Resur vor den Raubtieren beschützt. Seit er damals Noel, Vance, Kia und mich vor den Löwinnen gerettet hat, hat er sich einen Platz in den Herzen der Bürger von Resur gesichert, zumindest bei den meisten. Die Wachen, die ihn damals tobend in der Zelle erlebt haben, haben Geschichten über ihn verbreitet. Von einigen wird er daher gemieden, doch damit kommt er klar.

Außerdem muss er regelmäßig vom Sam untersucht werden – auf Anordnung vom Bürgermeister – und weiterhin die pflanzliche Medizin nehmen, aber er darf sich in der Stadt frei bewegen. Mit anderen ehemaligen Kriegern und Männern der Stadtwache patrouilliert seine Schutztruppe durch die Straßen, um nach wilden Tieren Ausschau zu halten – und elternlosen Kindern zu sagen, wo sie einen sicheren Unterschlupf und etwas zu essen finden. Tag und Nacht beschützen sie die neue Wohnsiedlung und Resur.

In Jax' Armee ist er jederzeit willkommen, die Männer üben unermüdlich für Krisensituationen, falls wir eines Tages angegriffen werden sollten oder beschließen, die nächstgelegenen Kuppelstädte vom Regime zu befreien.

Doch zunächst beschäftigt uns der Widerstand, der sich in White City gebildet hat. Obwohl die Senatoren hinter Gittern sitzen, ziehen einige offenbar noch aus dem Gefängnis die Strippen. Kleine Gruppen haben sich unter den Bürgern von White City formiert, die versuchen, die verachtenswerten Strukturen zurückzufordern. Eine Partei wurde gegründet, die die alten Werte vertritt. Offiziell hat sie nicht viele Anhänger, doch wir wissen nicht, wie groß die Dunkelziffer ist. Jetzt sind nicht mehr wir der Widerstand, sondern diejenigen, gegen die wir früher gekämpft haben. Wir dürfen diese Macht nicht unterschätzen.

Veronica hat Ice, ihren persönlichen Bodyguard, der jeden ihrer Schritte begleitet. Zwar hat sie keine Führungsposition mehr, aber immer noch wichtige Aufgaben inne. Sie setzt sich dafür ein, nach wie vor die Beziehungen beider Städte zu stärken.

Und auch Julius wird streng bewacht, schließlich ist er der neue Präsident von White City. Ich kann es kaum glauben – Julius, unser ehemaliger Rebellenführer!

Ein Parlament wurde gewählt, endlich gibt es eine richtige Regierungsform unter der Kuppel. Nun muss dafür gesorgt werden, dass der Frieden erhalten bleibt.

»Ich möchte das Haus ansehen«, sagt Miraja und erhebt sich vom Tisch.

Das Gebäude befindet sich in der Nähe, wir können es in zwei Minuten zu Fuß erreichen. Nach langem Suchen haben wir ein ehemaliges Hotel gefunden, das nicht einsturzgefährdet war und renoviert werden konnte. Es hat über fünfzig Zimmer, und dank Nitros Gruppe haben sich die wenigen überlebenden Raubtiere an den Rand der alten Stadt zurückgezogen. Trotzdem trage ich jetzt immer eine geladene Pistole bei mir. Wer eine Spezialausbildung macht und keine Gefahr für Resur darstellt, darf eine Waffe mitführen.

Leise öffnet Miraja die Tür zum Schlafzimmer, woraufhin ich über ihre Schulter auf den schlafenden Krieger blicken kann. Er nimmt fast das ganze Bett ein. Auf seiner nackten Brust liegt Lion und schläft selig.

»Crome?«, wispert sie.

Er öffnet ein Auge. »Geh nur, aber sei zur Raubtierfütterung wieder zurück.«

Sie tapst zu ihm, gibt ihm einen Kuss, drückt Lion ebenfalls einen Schmatzer aufs Köpfchen und verlässt mit mir das Haus.

Als wir die Straße entlanggehen, sagt sie: »Man hat keinerlei Privatsphäre mehr, wenn man mit diesen Kerlen zusammen ist.«

Ich seufze theatralisch und grinse sie an. »Wem sagst du das?«

An diesem milden Tag weht ein kühler Wind. Ich mag den Frühling, wenn die Hitze noch nicht in Resur Einzug gehalten hat. Die Rasen sind grün und es fällt ab und zu Regen.

»Wo ist eigentlich Kia?«, frage ich.

Miraja wickelt sich einen dünnen Schal um den Hals. »Sagt dir der Name Aris was?«

Ich nicke. »Allerdings, ist das nicht ein ehemaliger Warrior-Anwärter, ich schätze, fünfzehn Jahre alt? Blonde kurze Haare und ein Piercing in der Augenbraue?«

»Genau der.«

»Er ist in Nitros Jagdgruppe.«

»Und Kia ist überall dort, wo Aris ist.«

»Oh oh«, sage ich grinsend. »Ihre erste große Liebe?«

Miraja zuckt mit den Schultern. »Sie gibt es nicht zu, findet ihn aber verdammt cool.«

Bei Noel dauert es hoffentlich noch ein bisschen, bis er sich für das andere Geschlecht interessiert. »Und was sagt Crome dazu?«

»Ich glaube, er würde mit dem Gewehr hinter dem Fenster stehen, wenn er davon wüsste. Lion lenkt ihn allerdings ab.«

»Dann bekommt er also doch nicht alles mit.«

Sie lacht auf. »Scheint, dass unsere Krieger nicht allmächtig sind.«

Ich habe mir erlaubt, über Kinder mit Nitro nachzudenken, und wir haben darüber gesprochen. Er will keine Kinder haben, und Sam rät auch davon ab, denn die genetischen Veränderungen bei ihm sind zu gravierend.

Im Moment geht es mir auch nicht anders als Miraja und Crome. Nitro und ich wollen unser Leben genießen. Auch wenn das vielleicht egoistisch klingt, ich will mir nicht noch mehr Sorgen und Ängste aufladen, daher bin ich mit einem Kind durchaus glücklich.

»Die Liebe scheint in der Luft zu liegen«, sage ich. »Ich hab doch bei Rock Flugstunden genommen.« Er hat mir gezeigt, wie ich eins dieser Shuttles aus White City steuern kann. »Dabei habe ich erfahren, dass er ein Verhältnis mit Anne hat.«

Mirajas Augen werden groß. »Seit wann?«

»Schon seit letztem Herbst.«

»Und was ist das für ein Verhältnis? Sind sie richtig zusammen?«

»Scheint, eher was Lockeres zu sein.«

Sie hängt sich bei mir ein und grinst verschwörerisch. »Ich will alle Details. Verdammt, ich habe zu viel verpasst in letzter Zeit …«

***

Am Abend kehre ich zurück in mein eigenes Heim. Noel schläft heute bei meiner Mutter in der Pyramide. Das macht er öfter, denn ihm fehlt seine Granny. Mom wollte nicht zu uns ziehen, sie genießt ihre neue Freiheit genau wie ich mein neues Leben. Aber Noel vermissen wir beide, daher teilen wir uns die Zeit mit ihm. Noel macht es nichts aus, mal hier oder dort zu schlafen, denn er fühlt sich überall wohl. Und Nitro hatte er ohnehin sofort ins Herz geschlossen. Die beiden verstehen sich gut, auch wenn Nitro nach wie vor ein wenig Probleme hat, von ihm umarmt zu werden. Überhaupt wirkt er nach außen hin für viele verschlossen, was daran liegt, dass er Angst hat, seine andere Seite könne eines Tages erneut hervorbrechen. Er fühlt sich wie ein brodelnder Vulkan. Aus diesem Grund trägt er immer ein

Betäubungsmittel bei sich, das schnell wirkt. Sollte sein düsteres Ich jemals wieder hervorkommen und er es nicht verdrängen können, kann er sich selbst sedieren.

Ich bin wohl die Einzige, die daran glaubt, dass das niemals mehr passiert. Trotzdem bin ich stolz auf ihn, denn diese Vorsichtsmaßnahme hat er nur mir zuliebe ergriffen.

Wir wohnen im letzten bezugsfertigen Haus der neuen Siedlung, aber weitere Gebäude werden ständig gebaut. Die Stadt wächst rasant, immer mehr Menschen ziehen hinzu. Unser Schmuckstück hat sogar zwei Stockwerke. In einer Art Erkerturm führt eine Wendeltreppe nach oben. Unter dem Dach hat Noel sein Reich, während Nitro und ich unten wohnen. Ich liebe unser kuschliges Häuschen. Wir waren wochenlang unterwegs, um passende Möbel zu suchen. In den ehemaligen Hotels sind immer noch gut erhaltene Einrichtungsgegenstände zu finden.

Noel hat sich ein besonderes Bett gewünscht, und wir haben eines entdeckt, das wie ein Auto aussieht. Er liebt es heiß und innig. Ich habe es frisch angestrichen, während er seine Zimmerwände kunterbunt bemalt hat. Über Julius haben wir Farben aus White City bekommen, und ich konnte nicht widerstehen, unsere kleine Küche fliederfarben zu streichen.

Nitro hat über meine Farbwahl grinsend den Kopf geschüttelt, mir aber freie Hand gelassen. Lediglich unser Schlafzimmer wollte er in einem freundlichen Gelbton gestrichen haben. Offenbar ist das seine Lieblingsfarbe.

Gemeinsam mit ihm habe ich auch einen alten Schulbus zum Laufen gebracht. Damit haben wir unsere Möbel transportiert, außerdem wird er für das Kinderheim nützlich sein.

Nachdem ich die Tür geschlossen habe, fallen mir Nitros Einsatzstiefel auf, die am Eingang stehen. Sonst ist es meist dunkel im Haus, weil die Fensterläden tagsüber wegen der Hitze geschlossen sind. Da es jetzt draußen noch nicht so heiß ist, strahlt Licht in unser Reich. Deshalb erkenne ich auch sofort die Spur mit Kleidungsstücken, die von hier bis ins Schlafzimmer führt.

Grinsend ziehe ich meine Sneaker aus. Der Herr des Hauses ist also anwesend, und offenbar will er mir mit dieser Aktion etwas Bestimmtes mitteilen. Gewöhnlich ist er nämlich nicht unordentlich, im Gegenteil. Er liebt es, wenn alles an seinem Platz liegt.

Während ich durch das Haus gehe, hebe ich sein Langarmshirt auf. Dann folgen seine Cargohose und ein schwarzer Slip.

Ich lege alles auf einen Stuhl in der Küche, da ich Durst habe. Fasziniert schaue ich zu, wie frisches Trinkwasser aus der Leitung läuft, und nehme große Schlucke direkt aus dem Hahn.

Danach betrete ich das Schlafzimmer. Dort ist es dunkler, offenbar hat Nitro die Läden zugezogen. Er hat heute Nachtschicht und ruht sich vorher immer einige Stunden aus. Er liegt im Bett und hat die Augen geschlossen, aber er schläft garantiert nicht mehr. Zugedeckt ist er nur bis zum Bauchnabel, damit ich seine nackte Gestalt bewundern kann. Er weiß genau, dass ich mich nicht an ihm sattsehen kann.

Schmunzelnd stehe ich an der Tür, um ihn zu beobachten, als er mit dem Zeigefinger eine eindeutige Geste macht, die besagt: »Komm her.«

Während ich auf ihn zuschlendere, dreht er sich auf die Seite, sodass die Decke über seine Hüften rutscht und ich seinen knackigen Po vor Augen habe.

Rasch schlüpfe ich aus meiner Kleidung. Die Situation muss ich ausnutzen. Nitro ist heute Nacht nicht da und gerade haben wir kinderfrei … Im Nu schmiege ich mich nackt an seinen Rücken.

Er brummt wohlig, während ich seinen Nacken küsse. Dabei lasse ich meine Hand über seine Brust wandern.

»Tiefer«, murmelt er.

»Du musst dich noch ausruhen, schließlich bist du die ganze Nacht weg.«

Gähnend dreht er sich auf den Rücken, woraufhin ich mich in seine Armbeuge kuschle. »Warst du bei Miraja?«

»Hm, und ich hab ihr das fertige Gebäude gezeigt. Ich kann es kaum erwarten, bis es mit Leben gefüllt ist.«

»Hast du dich schon entschieden, wen du alles anstellen wirst?«

»Ein paar Kandidaten sind in der engeren Auswahl, aber festgelegt habe ich mich noch nicht.« Mehrere Erwachsene werden im Heim wohnen, um die Kinder zu betreuen. Ich möchte mich mehr um die administrativen Dinge kümmern, und Miraja wird mich dabei unterstützen. Veronica hat uns ebenfalls Hilfe angeboten. Aus White City haben wir Kleidung, Bettwäsche und viele andere Mittel des täglichen Bedarfs bekommen.

Nitro zieht mich fester an sich, und ich lege ein Bein auf seinen Oberschenkel. Er liebt es, wenn wir miteinander kuscheln. Das könnte er stundenlang tun, dabei ist es nicht wichtig, dass wir miteinander schlafen. Er will mich nur nah bei sich spüren, am besten Haut an Haut. Ich genieße das ebenfalls, koste jede Sekunde mit ihm aus, schnuppere an seiner Haut, lausche seinem Herzen und genieße die Zärtlichkeiten.

»Bist du eigentlich glücklich?«, frage ich, wobei ich an seinem Perlenanhänger zupfe. Er trägt ihn ununterbrochen, offenbar ist er so eine Art Talisman für ihn. Die Zeit in der Dschinn Bar scheint Jahrhunderte zurückzuliegen.

»Denkst du, ich wäre nicht glücklich?« Nitro öffnet die Augen. Immer noch ist das Grün-Braun mit den bernsteingelben Flecken verschmolzen. Als wir uns kennengelernt haben, habe ich sie nur als goldene Sprenkel wahrgenommen, tatsächlich war wohl ein kleiner Teil seiner düsteren Seite schon immer auch ein Teil von ihm.

»Na ja, du warst ein Krieger, und du kanntest nichts anderes als Drill und Routine. Man hat euch den Tagesablauf vorgeschrieben. Hier kannst du auch mal faul sein. Langweilst du dich nicht manchmal?«

»Nie.« Er lächelt verschmitzt. »Wenn ich früher gewusst hätte, wie mein Leben mit dir sein könnte, hätte ich kein anderes haben wollen.« Räuspernd wendet er den Kopf ab. Ich weiß, dass er immer noch Probleme hat, über

Gefühle zu reden. Das ist okay, schließlich zeigt er mir mit Gesten und seinem Körper, wozu ihm die Worte fehlen.

Trotzdem hat er sich sehr verändert. Er denkt über Vieles nach, besonders über das Leben. Hat er am Anfang die Raubtiere, die der Stadt zu nahe kamen, regelrecht abgeschlachtet, weiß er nicht mehr, ob das richtig ist. »Sie haben eben Hunger und folgen ihren Instinkten«, sagt er.

Teilweise sind diese Wesen mutiert und wirklich gefährlich, aber Nitro tötet sie nur noch, wenn es nicht anders geht. Vielleicht, weil sie ihm ähnlich sind? Er scheint mit ihnen zu kommunizieren, knurrt sie an und zeigt ihnen, wer jetzt Herr dieser Stadt ist. Fünf Kilometer um Resur wurde eine virtuelle Grenze errichtet. Jedes gefährliche Tier, das in diese Zone kommt, wird erschossen. Alle anderen lässt er leben.

Jax konnte während seiner Shuttle-Expeditionen beobachten, dass sich viele Raubtiere in den Red Rock Canyon zurückgezogen haben. Dort haben früher auch schon Pumas gelebt, außerdem Schafe und Hirsche, die vereinzelt von unseren Jägern in diesem Tal geschossen werden. Wenn die Raubtiere dort genügend Nahrung finden, kehren sie hoffentlich nicht mehr nach Resur zurück.

Da ich nun ebenfalls ein Shuttle fliegen kann, haben wir uns überlegt, die gesunden Tiere einzufangen und im Canyon auszusetzen. Zumindest Nitro hat sich das in den Kopf gesetzt. Es ist schön, dass er Aufgaben hat, die ihn erfüllen, doch im Herzen wird er wohl immer ein Krieger bleiben. Jeden Tag geht er eine Stunde zum Laufen, danach übt er sich oft im Stockkampf mit Storm. Unser Garten sieht eher aus wie eine Arena, dabei könnten die zwei hinter der Pyramide auf einem großen Feld mit Jax und den anderen trainieren. Man merkt den beiden an, dass sie Einzelgänger sind, daher freue ich mich besonders, Nitros Herz erobert zu haben.

Seufzend lasse ich die Finger über seine weiche Haut gleiten und fühle den Narben nach. Ich glaube, seine Seele hat sich bereits zum Großteil erholt, auch wenn er manchmal immer noch von dem grausamen Arzt träumt, den er seinen Vater nannte.

So vieles hat sich verändert. Wird Noel nun in einer besseren Welt groß werden?

Mit Nitro an meiner Seite fühle ich mich stark und der ungewissen Zukunft gewachsen. Sollten sich andere Kuppelstädte oder vielleicht sogar der Widerstand in White City gegen uns stellen, wird sich Nitro der Armee von Jax anschließen, um zu kämpfen. Ich hoffe jedoch, dass das niemals geschehen wird. Ich habe keine Lust mehr auf Krieg, sondern will nachholen, was ich verpasst habe – die Liebe und alles, was dazugehört.

♥♥♥

Interview:

Nitro zu Besuch im Salon des Happy End Bücher Magazins

Ka: »Nitro! Ja, ihr habt richtig gelesen, geneigte Leserinnen und Leser, Nitro ist auf dem Weg in unseren HeldenSalon, und ich bin schon mehr als nur aufgeregt. Meine Güte! Hört ihr mein Herz schlagen? Es rast in meiner Brust. Ihr fragt Euch sicherlich, warum es gerade bei ihm so rast. Ich will es euch verraten: In Nitro haust ein Biest, und zwar eines von der nicht-weichgespülten-Sorte. Wahhhhhh, das erinnert mich so an einen Berserker, dass mir hier und jetzt die Knie weich werden.«
Ka versucht ihre Atmung in den Griff zu bekommen und geht zur Salon-Tür, als es forsch klopft. Ein dicker Kloß bildet sich in ihrem Hals, als sie die Tür öffnet und Nitro vor ihr steht. Wie von Geisterhand bekommt sie Kulleraugen, klappt ihr Kinn nach unten und automatisch hält sie ihm zum Gruß die Hand hin. Eigentlich dachte sie, sie wäre darüber erhaben, schließlich ist der Kerl erst zwanzig Lenze jung. Aber er sieht zum Niederknien aus. Die kurzen blonden Haare und der Ring im Ohr geben ihm etwas Verwegenes, die Narbe an seinem Kinn unterstreicht den Eindruck noch. Am meisten faszinieren Ka seine Iriden, die eine Mischung aus Grün, Braun und einem warmen Gelbton sind. Ka schluckt, da sie seine Brustmuskeln vor Augen hat, denn das enge schwarze Shirt spannt sich wie eine zweite Haut darüber. Ihr Blick wandert tiefer zu den schmalen Hüften, und sie ist sich sicher, dass ein Knackarsch in dieser Jeans steckt.

Nitro: »Hi.« Er hat einen kräftigen Händedruck. Ein kurzes Lächeln huscht über seine Lippen, dann nimmt sein Gesicht wieder jenen undurchdringlichen Ausdruck an, den wir von ihm kennen.

Ka verschluckt sich fast, da sie für einen Moment mit den Gedanken ganz woanders war und Nitro das sicher mitbekommen hat. Diesen Männern mit ihren Supersinnen entgeht nämlich nichts.
»Komm, setze dich, Nitro.« Sie bietet ihm den gemütlichen Ohrensessel an und hockt sich ihm gegenüber aufs Sofa. »Hast du Lust auf einen Kaffee, Tee, etwas anderes? Möchtest du etwas essen, dann greife bitte zu. Extra für dich. Ihr Warrior scheint ja immer hungrig zu sein.« Sie lächelt Nitro mit einem Augenzwinkern an.

Nitro setzt sich und streckt die langen Beine aus. »Hast du ein Pearl da?« Er erkennt an Kas verdutztem Blick, dass sie nicht einmal weiß, was das für ein Getränk ist. »Ähm …« Er kratzt sich am Kinn. »Ich nehme ein Wasser, Danke.«

Ka: »Nitro, ich muss das jetzt loswerden, bevor ich vor Freude platze: Es ist mir ein wahnsinniges Vergnügen, dass du hier bei uns bist.« Sie strahlt ihn an. »Mir wurde aus sicherer Quelle (einen gedanklichen Gruß an Inka Loreen Minden schicke) erzählt, dass du eigentlich ein schüchterner Mensch bist. Darum freue ich mich umso mehr, dass du dich bereit erklärt hast, hier zu sein. Weißt du, du trägst etwas in dir, was mir, seitdem deine Schöpferin diese Bombe hat platzen lassen, den Schlaf raubt. Dein Biest ...« Ka errötet verlegen.

Nitro zieht die Brauen zusammen. Offensichtlich mag er nicht an sein anderes Ich erinnert werden oder darüber reden. »Inka hat mir schon erzählt, dass du gerne mit der Tür ins Haus fällst.« Sein Mundwinkel zuckt, ansonsten sieht er aus, als würden sich jeden Moment seine Klauen und Fänge ausfahren.

Ka hält gebannt die Luft an.

Nitro: »Es fasziniert mich, dass ihr Frauen so gerne mit dem Feuer spielt.« Seine Stimme klingt dunkel und kehlig, und in seinen Iriden blitzen goldene Sprenkel auf, während er sich dicht zu Ka beugt. Tief zieht er die Luft ein, dann lehnt er sich wieder lässig zurück.

Ka (nachdem sie wieder Luft bekommt): »Du bist unter den Warrior für uns Lesern eigentlich "Der große Unbekannte", wenn ich das so sagen darf. Egal ob Jax, Crome, Ice oder Storm, sie alle weisen Mutationen auf, die sie einzigartig machen. Männer mit außerordentlichen Fähigkeiten. Doch in dir liegt ein "Wesen" inne, das dich von ihnen unterscheidet. Nitro, wie kommst du mit ihm klar?« Ka rutscht unruhig hin und her und zupft aufgeregt an den Troddeln eines der Kissen, die das Sofa zieren.

Nitro: »Mein anderes Ich war immer schon ein Teil von mir. Ich habe es auch nie als Last empfunden, zumindest früher nicht. Ich hab mich gern in dieses Biest verwandelt, denn dann musste ich keine Verantwortung dafür übernehmen, was es getan hat. Es war einfach, seiner düsteren Seite das Handeln zu überlassen.« Ein Schatten huscht über sein Gesicht. »Erst Sonja hat mir den richtigen Weg gezeigt. Wäre sie nicht gewesen und das Regime nicht gestürzt worden, würde ich wohl eiskalt Rebellen umbringen.« Kurz fasst er sich an die türkisfarbene Perle an seiner Halskette. »Mehr darf ich leider nicht erzählen, sonst wache ich morgen vielleicht mit einem dicken Pickel im Gesicht auf.« Er zwinkert, und Ka weiß, dass er auf seine Schöpferin anspielt.

Ka: »Wir konnten in einer Leseprobe erfahren, dass dein "Vater" für das Wesen in dir verantwortlich ist. Nitro, wann ist dir bewusst geworden, dass du anders bist?« Sie greift über den Tisch und fasst kurz nach seinen Händen, die auf den Lehnen liegen, um sie tröstend zu drücken.

Nitro zuckt fast unmerklich, lässt Kas Berührung aber zu. »Als ich mit acht Jahren zum ersten Mal anderen Jungs begegnete (damals wurde ich ins Warrior Programm aufgenommen), hat Vater mir Medizin gegeben, die meine wahre Natur unterdrückt hat. Niemand sollte wissen, dass ich anders bin und welche Fähigkeiten ich besitze. Während meiner Ausbildung habe ich am intensivsten gespürt, dass ich ihnen allen überlegen bin. Manchmal habe ich geglaubt, ich müsse platzen, weil ich es niemandem erzählen durfte.«

Ka seufzt innerlich, da sie diesen traumatisierten Kerl am liebsten umarmen möchte. »Was lockt es hervor? Erregungszustände? Angst? Wut? Kannst du uns ein wenig darüber erzählen?«

Nitro: »Ja, zum Beispiel, aber im Moment habe ich es gut im Griff.« Er lächelt verrucht und fasst sich erneut an die türkisfarbene Perle. »Noch …«

Ka schluckt hart, ihre Fantasien machen Überstunden.

Nitro wirkt wieder kühl und ist ganz der stoische Krieger. »Grundsätzlich kam meine düstere Seite immer dann hervor, wenn mich etwas aufgewühlt hat, daher habe ich versucht, sämtliche Emotionen zu unterdrücken. Das tu ich weiterhin, auch wenn ich das nach Sonjas Meinung nicht mehr brauche. Doch es ist schwer, alte Gewohnheiten abzulegen.«

Ka: »Darf ich dich etwas Persönliches fragen?« Ka sieht Nitro gewinnend an.

Seine Lider verengen sich kurz zu schmalen Schlitzen, bevor er langsam antwortet: »Jaaa?« Er beugt sich im Sessel vor und stützt die Ellbogen auf den Oberschenkeln ab. Wie ein lauerndes Raubtier kommt er Ka vor.

Ka: »Wie lange vorher hat dir Sonja schon gefallen, bevor du mit ihr in dieser Bar auf eines der privaten Zimmer gegangen bist?« Sie versucht ein ernstes Gesicht zu machen.

Nitro entspannt sich leicht und lehnt sich wieder zurück. »Schon als ich sie das erste Mal hinter dem Tresen stehen sah.«

Ka: »Kannst du uns Sonja aus deiner Sicht in ein paar Sätzen beschreiben?« Sie ist megagespannt, wie er sie beschreiben wird.

Nitro: »Sie ist die mutigste Frau, die ich kenne. Mehrmals hat sie für höhere Ziele ihr Leben aufs Spiel gesetzt, und sie würde für die, die sie liebt, sterben. Eigentlich ist sie wie eine Löwin: stolz, stark, anmutig und wunderschön anzusehen.« Eine sanfte Röte überzieht seine markanten Wangen. »Sie hat für mich und um mich gekämpft, und sie ist die einzige Person in meinem Leben, die wirklich jemals für mich da war. Dadurch, dass sie mir gegeben hat, was mir tatsächlich gefehlt hat, hat sie mich zu dem Mann gemacht, der heute vor dir sitzt, Ka.«

Ka hängt gebannt an Nitros Lippen und kann kaum die Augen von dem großen Kerl abwenden, der in ihrem Sessel lümmelt. »Ich bin, seitdem ich von Sonja das erste Mal gelesen habe, hin und weg von ihr, weil sie ein grundlegend sympathischer Mensch ist. Ich war ja schon glatt so weit, sie in Gedanken mit Mark zusammenzutun, aber dann ist Storm dazwischen gekommen.« Sie lacht. »Verzeih, aber meine Fantasie neigt dazu, ab und an mit mir durchzugehen wie eine störrischer Gaul! Aber weiter im Text: Was hat dich als Erstes an ihr fasziniert?« Sie lächelt Nitro an.

Nitro holt tief Luft, als würde ihm das Beantworten von Kas neugierigen Fragen mehr abverlangen als ein dreistündiger Stockkampf. »Sie hatte etwas Geheimnisvolles an sich und war anders als alle Frauen in der Bar. Damals wusste ich zum Glück nicht, dass sie tatsächlich anders war, sonst hätte ich sie wohl getötet. Aber ihre scheuen und doch wieder stolzen Blicke, die sie mir durch ihre Maske zuwarf, haben mich gefesselt.« Er räuspert sich und schaut auf seine Stiefel. »Außerdem hat sie in ihrem Dschinnie-Kostüm einfach sexy ausgesehen.«

Ka: »Eine letzte Frage: Wie gestaltet sich dein Zusammenleben mit einer Rebellin?«

Nitro: »So schwer die erste Zeit auch war, weil ich es als unüberwindbares Hindernis sah, dass mir eine Rebellin die …« Er räuspert sich erneut und fährt sich über den Nacken. »Heute könnte ich mir nichts anderes mehr vorstellen. Wir haben beide die Vergangenheit hinter uns gelassen und ein neues Leben begonnen.«

Ka blickt zu Nitro auf, als sie beide aufgestanden sind. »Ich fand es toll, dich hier zu haben. Und gestatte mir zu sagen, du bist ein verdammt gut aussehender junger Mann. Vielleicht sollte Sonja sich ebenfalls ein inneres Biest zulegen, um Frauen, die dich im Laufe der Jahre garantiert noch angraben werden, zu verscheuchen. Sag mal, hat deine Schöpferin noch einen von euch Männern in petto?« Sie schmunzelt vor sich hin, als sie sich vorstellt, wie Sonja zur Berserkerin mutiert. »Richte Sonja bitte einen besonders lieben Gruß von mir aus.«

Nitro beugt sich dicht zu Ka und flüstert ihr ins Ohr: »Das hat Sonja nicht nötig. Sie weiß, dass mein Herz auf ewig nur ihr gehört.«

Kas romantisches Herz schmilzt wie Butter in der Sonne über diese Worte, die die Liebe zwischen Nitro und Sonja so offensichtlich machen. Auch wenn ihr bei diesen gegen ihr Ohr gehauchten Worte heiß bis in die Haarspitzen wird.

Nitro: »Wie ich gehört habe, möchte meine Schöpferin noch berichten, wie Julius seine große Liebe gefunden hat. Sonja hat mir erzählt, dass Jul einmal ein Auge auf sie geworfen hatte, aber da er nun selbst fest vergeben ist, brauche ich ihn zum Glück nicht mehr töten.« Er zwinkert, dann atmet er auf, als wäre er froh, dass die Befragung ein Ende hat. Man merkt, dass Nitro immer noch gegen ein paar Dämonen seiner Vergangenheit ankämpft. Kein Wunder, nach allem, was er erlebt hat. Aber eines Tages wird alles Böse nur noch eine blasse Erinnerung sein, da ist sich Ka sicher …

Ka drückt Nitro zum Abschied die Hand und lässt sich, nachdem er die Tür nach einem letzten Gruß hinter sich geschlossen hat, mit dem Rücken gegen die Tür sinken und rutscht langsam nach unten, bis sie auf dem Boden sitzt. Eben konnte sie sich von seinem knackigen Hintern überzeugen. Eine Augenweide. Und was für eine Augenweide. »Puh! Und was mache ich jetzt mit der überschüssigen Hitze …?« Verdammt.

Ka über sich:

Heiliges Kanonenrohr! Als mich Inka gefragt hat, ob ich ein wenig über mich erzählen möchte, ist mir ganz schön schwummrig im Bauch geworden. Was soll ich denn bloß erzählen? Dass ich leidenschaftlich gerne lese? Dass ich einen Hang dazu habe, mich mit fiktiven Helden zu unterhalten? Eindeutig ein: JA! Den Beweis liefern die Interviews, die ich mit ihnen im HeldenSalon von Happy End Bücher führe. Zum Beispiel war Inkas Kyrian aus »Dunkle Träume – Wächterschwingen 2« bei mir, ebenso wie Crome, Storm & Mark und Nitro, alles Helden von Inkas Warrior-Lover Reihe! (Knabbert verlegen an der Unterlippe.)
Aber hey, eines muss ich noch loswerden. Die Frau, die sich hinter »Ka« versteckt, ist sehr glücklich mit ihrem ganz privaten Helden verheiratet. Der einst, ganz in schwarzes Leder gekleidet, auf einer schwarzen Suzuki GSX R neben ihr hielt. Sie selbst war natürlich mit dem Fahrrad unterwegs (Grinst breit.) Er nahm seinen Helm – natürlich schwarz – sowie seine Sturmhaube – auch schwarz :-D – ab, zerzauste mit einer Hand seine langen Locken und lächelte sie an. Naja. Seitdem gehört ihr Herz nicht mehr ihr. (Träumt selig vor sich hin.) … ähm ja. Eigentlich wollte ich gar nicht so viel von mir erzählen. Ich geh' dann mal wieder …

Mehr Interviews findet ihr im HeldenSalon:

http://magazin.happy-end-buecher.de/tag/heldensalon/

Geplante Bonusstory zur Warrior Lover Trilogie:

Julius und Emma – Der Widerstand formiert sich

Andrew Pearsons Sekretärin Emma Steel lässt ihn nicht kalt. Obwohl er keine Zeit für eine Beziehung hat, weil er der neue Präsident von White City ist, beginnt er eine leidenschaftliche Affäre mit seiner Angestellten. Was er nicht weiß: Sie wurde beauftragt, seine Amtsgeschäfte auszuspionieren und ihn anschließend zu töten.

Denn der Widerstand beginnt sich zu organisieren …

Weitere Romane:

Inka Loreen Minden

Verteufelte Lust

»Verteufelte Lust« ist ein erotischer Fantasy-Kurzroman aus der Reihe »Kinky Munich« (auch einzeln erhältlich).

Bane, der Sohn des Teufels, kitzelt die frivole Seite aus Engel Ariella heraus. Nach einer Jagd quer durch München ist sie ihm mit Leib und Seele verfallen. Doch sie ahnt nicht, dass Bane sie aus einem guten Grund mit heißen SM-Spielen verführt – er muss sie opfern, um in die Fußstapfen seines Vaters zu treten!

Über die Autorin:

Inka Loreen Minden, die auch unter den Pseudonymen Lucy Palmer, Mona Hanke (Erotik), Loreen Ravenscroft (Romantasy) und Monica Davis (Jugendbuch) schreibt, ist eine bekannte deutsche Autorin erotischer Literatur. Von ihr sind bereits über 30 Bücher, 6 Hörbücher und zahlreiche E-Books erschienen, die regelmäßig unter den Online-Jahresbestsellern zu finden sind.
Neben einer spannenden Rahmenhandlung legt sie Wert auf eine niveauvolle Sprache und lebendige Figuren. Explizite Erotik, gepaart mit Liebe, Leidenschaft und Romantik, ist in all ihren Storys zu finden, die an den unterschiedlichsten Schauplätzen spielen.

Mehr über die Autorin auf ihrer Homepage:
www.inka-loreen-minden.de
www.monica-davis.de

Gay Romance:

Tödliches Begehren – Mortal Desire

Reporter Ethan Hunter beschattet schon seit Wochen den obskuren Sicherheitschef eines Kasinos. Gabriel Norton wäre ein Kerl genau nach seinem Geschmack, gäbe es da nicht die Gerüchte, die sich um Gabriel ranken: Er soll Geld aus illegalen Geschäften im Kasino waschen und Mitglied eines New Yorker Verbrechersyndikats sein.
Was für eine Art Mann er ist, erlebt Ethan bald am eigenen Leib, als Gabriel ihn beim Spionieren erwischt und ihn dafür auf seine Art bestraft. Ethan kann sich seiner Anziehungskraft nicht mehr entziehen und gerät, auf der Suche nach der Story seines Lebens, in einen Strudel aus Sex, Gewalt und Leidenschaft.

Presse:
Ich steh auf Krimis und antörnende SM-Szenen ... beides zusammen: perfekt! Dazu mixt die Autorin Inka Loreen Minden noch eine Prise Romantik, und heraus kommt der Roman »Tödliches Begehren«.
(SM-Magazin »Schlagzeilen«)

Erschienen im Dead Soft Verlag, erhältlich als Taschenbuch und E-Book.

3436576R00077

Printed in Germany
by Amazon Distribution
GmbH, Leipzig